AF445632

SANDRA BIANCONI

LA RAGAZZA CHE SOGNAVA I LIBRI

VOLUME II

IL CONFRONTO

SANDRABIANCONIBOOKS

LA RAGAZZA CHE SOGNAVA I LIBRI
VOLUME II - IL CONFRONTO
®Sandra Bianconi, 2024
Prima edizione

www.sandrabianconi.com

REVISIONE
Jessica Maccario e Manuela Chiarottino

PROGETTO GRAFICO
Giulia Calligola | Lunar Morrigan Arts
Instagram: giulia.calligola
www.lunarmorriganarts.com

PROGETTO ORIGINALE, TRADUZIONE
A menina que sonhava com livros
Volume II - O confronto
®Sandra Bianconi

*Perché dov'è il tuo tesoro,
lì sarà anche il tuo cuore.*
Matteo, 6:21

Per Maria Clara

NOTA DELL'AUTRICE

Caro Lettore, Cara Lettrice,

Ascoltai per così tante volte "volevo leggere la continuazione di questa storia" che finii per autoconvincermi. Ed eccomi qua con il seguito: vorrei solo che potessi immaginare con quale gioia ritorno al mondo di Jacqueline e della Solo Lettere. Immensa!

Maria Jacqueline è sicuramente la figlia che avrei voluto avere; forse per questo ho trasmesso a lei il mio gene dominante, e anche più bello: quello dell'amore per la lettura. Non avrebbe potuto essere diversamente. Essendo la "cocca di mamma", ha ricevuto la parte più forte e vera di me – la mia passione per i libri.

Non me ne vogliano i miei altri personaggi per questo, che ognuno di loro ha un posto speciale nel mio cuore. Ma chi mi conosce sa che i miei occhi brillano ogniqualvolta che parlo di lei. Amore di "mamma", senz'altro. Letteraria, ma pur sempre mamma.

Adesso che tutti i personaggi sono qui di nuovo riuniti nelle tue mani, smetto di parlare per lasciarti ascoltare ciò che loro hanno da raccontare. Vorrei solo dirti che questa storia mi diverte tantissimo. "Tanta roba", come sicuramente avrebbe detto Veronica, la miglior amica della mia Jackie. A dire il vero mi piace molto anche questo personaggio – è la sua "best", e mi piace pensare che sia un po' anche la mia. Amo quel suo modo tranquillo e saggio di affrontare la vita. In fondo, vorrei essere come lei.

Ora, non mi resta che augurarti buona lettura. Oppure "buon rincontro" – un pochino anche con me, perché, alla fine, la lettura è sicuramente il mezzo di connessione che unisce chi scrive a chi legge. Perciò, da questo mo-mento in poi passeremo qualche tempo insieme, in un modo o nell'altro. Se fino ad adesso ero letteralmente immersa in questa realtà, che più che parallela, per parecchi mesi è diventata vera per me, perché stai leggendo questo mio quarto libro, esco un attimo dalle pagine di questo mio mondo per dirti un grazie. Ma vero, però. E con un abbraccio, perché chi mi conosce sa anche questo.

Da brasiliana quale sono, mi piacciono anche i baci e gli abbracci.

Buona lettura!

Sandra

SEI
MESI
DOPO

MARIA JACQUELINE E RODRIGO ANTONIELLI

La vita insieme

Nella vita di tutti i giorni al fianco di Rodrigo c'era qualcosa di inspiegabile. La magia dell'incanto e della passione dei primi momenti sembrava non finire mai. L'intimità di coppia che si stava creando aumentava ogni giorno.

Ridevano e parlavano molto insieme. Si amavano in ogni momento e occasione, e lei spesso pensava che la loro vita di coppia non avrebbe potuto essere più bella.

Jacqueline amava tutto del suo fidanzato. Ammirava la sua intelligenza, ogni volta che parlavano o discutevano di argomenti seri, tanto quanto la sua leggerezza, perché lui la faceva sempre ridere.

Quella sua spontaneità, che la catturava come nessun altro ci era mai riuscito, e che era ciò che l'aveva attratta di più sin dall'inizio, continuava a stupirla in ogni momento.

Due mesi erano trascorsi dopo quella insolita e straordinaria richiesta di matrimonio. Non ne avevano più parlato perché Jacqueline non ne sentiva il bisogno. Quello che lei desiderava era semplicemente vivere insieme, poiché conoscerlo – conoscersi –, era diventata l'avventura più bella per entrambi.

«Voglio confessarti una cosa», disse Jacqueline con fare scherzoso, guardando Rodrigo negli occhi, ancora nudo. Era uno di quei giorni in cui fare l'amore non era soltanto un incontro di corpi, ma di anime.

«Quando mi hai baciata sulla guancia, il giorno della presentazione della collana "Per il gusto di leggere", è stato come se quella parte di me, ancora addormentata, si fosse risvegliata di nuovo.»

Rodrigo accarezzò i bei capelli di Jacqueline prima di toccare le sue labbra con le dita, seguendone il contorno.

«Quindi, mi stai dicendo che ho agito come quel tipetto che ha svegliato la ragazza addormentata nel bosco con un solo bacio? Ma non abbiamo già visto qualcosa di simile da qualche parte?»

«Beh, sì, a pensarci bene, esiste già qualcosa del genere, in effetti…»

«Allora non sono stato originale né creativo», concluse, fingendosi deluso. «Mi accuserai di plagio?»

«Solo se non mi dai un altro bacio, che-deve-essere-ancora-più-bello-di-questo…», prese fiato tra una parola e l'altra, baciandolo mentre lo diceva.

Con uno scatto veloce Rodrigo avvicinò il corpo a quello della donna, portandosi con mezzo torso sopra di lei. La guardò negli occhi.

«Ma sei incontentabile, ragazza mia!»

«Con te, sempre…»

E si lasciarono andare a un lungo bacio, che riportò alla mente di Jacqueline i ricordi dei primi istanti in cui si erano conosciuti, risvegliando ancora di più il fuoco di quella passione che sembrava non poter spegnersi mai.

Un'altra sua passione che non si affievoliva era viaggiare. Se aveva combinato qualche guaio innocente duranti i suoi viaggi da ragazzina, le cose non erano cambiate affatto, ora che era diventata un pochino più matura.

Al contrario. Qualche pastrocchio involontario succedeva sempre, il che generava risate e faceva divertire Rodrigo ancora di più insieme a lei. Come era accaduto nel loro primo viaggio.

Durante una serata tranquilla a casa, parlando con il fidanzato con un calice di vino in mano, Jackie commentò che in quel momento mancava solo una fonduta al cioccolato e che avrebbe voluto prepararla.

«Non la fare», disse Rodrigo in tono dolce, ma categorico. «Andiamo a mangiarla insieme da qualche parte. Che ne pensi? Anzi. Sai che ti dico? Metti un cambio nel borsone che domani partiamo e ci gustiamo una fonduta con frutta davanti a un camino. E un calice di buon vino, ovvio.»

«Ah, il mio romanticone!…»

Il giorno dopo partirono per Monte Verde, una cittadina dello stato di Minas Gerais, lontana tre ore di macchina da São Paulo, in Brasile, dove abitavano. Nei paesi di grande estensione geografica, i percorsi non sono mai brevi; si sa.

Quel viaggio fu particolarmente bello, con tanto di passeggiate per la cittadina al fine di esplorarne le sue bellezze. Tuttavia, non avrebbero mai potuto immaginare il contrattempo che segnò il loro rientro in modo indelebile tra quello dei ricordi più strani e divertenti accaduti nei viaggi. Solo uno in più da aggiungere alla lista, per Jacqueline, già abituata agli imprevisti che fatalmente le accadevano in giro. E proprio perché non erano intenzionali, le tornavano alla mente in modo ancora più piacevole.

La domenica, dopo aver trascorso un *weekend* felice e romantico in un *cottage*, con tanto di camino nella camera, e ovviamente aver mangiato la fonduta di frutta al cioccolato, all'improvviso il motore della macchina di Rodrigo, tra l'altro nuova, si fermò inspiegabilmente e senza preavviso.

Jacqueline e Rodrigo ritornarono a casa sopra il materassino non veramente pulito del rimorchiatore di un camion. L'ultima opzione che si sarebbero aspettati da questo primo viaggio insieme, ma l'unico mezzo che permise loro di rientrare dopo quel fuori programma in autostrada in piena notte.

«Cosa ti piace di me?», chiese, mentre si accoccolavano dopo aver fatto l'amore, ancora una volta.

«Con te tutto è diverso. Devo abituarmi al fatto che le sorprese sono sempre dietro l'angolo, se sei al mio fianco… sei un mix che non so spiegarti. Amo e ammiro la tua professionalità e le tue capacità; d'altronde sono le prime qualità che ho notato in te e che da subito hanno catturato la mia attenzione. Senza parlare della tua determinazione, che ti fa arrivare a ottenere ciò che vuoi. Dall'altro lato, con questo tuo modo di fare, un po' sbadato pure, mi fai vedere il tuo lato umano, così bello, così unico, che mi rendo conto che sei quello che ho di più prezioso nella mia vita.»

«Almeno è sicuro che non ti annoi quando stai con me», rispose Jacqueline ridendo.

«Quello mai. Proprio mai», affermò Rodrigo prendendo il suo braccio per darle un bacio sul palmo della mano.

CASA EDITRICE SAGAR

La passione per i libri come parte del lavoro

I risultati delle vendite dei libri che curava erano molto più che soddisfacenti. Ragion per cui le idee e il lavoro della nuova assistente editoriale erano stati accettati praticamente senza riserve dal direttore Santiago Del Castro.

Il primo volume della sua proposta per la collana rivolta agli adolescenti era stato e continuava a essere un grande successo.

Gustavo Leite, ora, era un giovane scrittore con una grande visibilità su Internet. Vendeva molti libri grazie anche alla sua spontaneità e alla conseguente popolarità mediatica, quotidianamente dimostrata e arricchita nel suo canale YouTube. La giovinezza è l'età delle possibilità infinite, e lui la stava sfruttando veramente bene.

Fu scoperto proprio grazie all'intuito di Maria Jacqueline Pellegrini, che non dovette lottare nella Sagar per pubblicare le storie di questo ragazzo quindicenne, così com'era successo invece alla Solo Lettere con l'altra sua grande scoperta: "Il gusto del mangiar sano", dell'allora sconosciuto, anche per lei, Dott. Rodrigo Antonielli.

Persino la sua collana "Per il piacere di leggere" aveva riscontrato ottimi risultati fin da subito. Era stato il direttore Del Castro a chiamare Jacqueline nella sua sala, poco dopo la sua prima presentazione in quell'importante casa editrice, per darle la buona notizia.

«Mia cara, innanzitutto voglio congratularmi con te per il lavoro svolto.» L'espressione stampata nel viso del direttore generale della Sagar era quella di un uomo soddisfatto.

«La ringrazio, signor Del Castro. Ho messo tutta la mia passione e il mio amore per i libri in questo progetto, mi creda.»

«Si sente…»

«Credo talmente tanto nel potere dei libri e della lettura che lavoro anche per questo motivo. Vorrei che tutti leggessero; per questo mi spendo tanto…»

«Il tuo entusiasmo è contagioso, Maria Jacqueline, e io sono molto contento di averti qui nella Sagar come assistente editoriale, perché questa tua passione è anche la mia. È anche l'obbiettivo primordiale di questa casa editrice, che vuole promuovere i libri proprio per il piacere della lettura.»

«Lei non s'immagina quanto questo mi rincuora. Nel mio lavoro precedente non avevo la possibilità né tantomeno la libertà che avrei voluto per pubblicare bei libri. Dovevo solo adeguarmi, pubblicando quelli che potevano avere molte vendite… meglio che non ripensi alle difficoltà che ho avuto nel mio lavoro. Mi scuso con lei per averlo fatto adesso, ma sono qui da poco e è ancora forte il confronto che mi torna in mente senza volerlo. Non smetterò di ringraziarla per questo, Signor Del Castro, e…»

«Jacqueline», il direttore la interruppe. «Quello che hai vissuto ti ha creato delle sofferenze. Si percepisce. Ma non dimenticare che quel periodo è stato un allenamento non di poco conto, che ti ha rafforzata.»

«Sì, è vero…»

«Voglio dirti una cosa: sei già una donna con notevoli capacità per esercitare la funzione di assistente editoriale in una grande casa editrice come questa. Per diventarlo avevi bisogno solo di esperienza, proprio quella che hai acquisito attraverso i problemi che hai dovuto affrontare giorno per giorno nella

Solo Lettere. Quindi, ragazza, ringrazia tutto ciò che hai passato lì, perché ti ha permesso di accorciare – e di molto pure, aggiungo, – la strada per arrivare ad avere il tuo posto qui, in questa casa editrice che ho costruito trent'anni anni fa, della quale sono completamente dipendente. E non mi riferisco al termine come un impiego da svolgere…

Comunque, dato che le nostre passioni ora sono unite per creare qualcosa di bello e di importante ogni giorno, voglio comunicarti che la collana "Per il piacere di leggere" che hai ideato avrà il suo seguito: uscirà anche il volume II, sperando che il III arrivi a breve…»

Gli occhi di Jacqueline lumeggiarono così tanto che il signor Santiago del Castro poté cogliere le sue emozioni trasformandosi nelle lacrime che le riempirono e illuminarono lo sguardo. Non si può negare che le lacrime sono la sublimazione delle emozioni umane in tanti momenti. Quello era uno di essi.

La ragazza che aveva sempre sognato i libri era riemersa, trasformando nuovamente i sogni di quella che era ormai una donna in realtà.

«Non so cosa dire, signor Del Castro! Sono talmente felice che riesco solo a dirle grazie, e che non vedo l'ora di iniziare questo nuovo progetto!»

Era bella come non mai e il direttore l'ammirò profondamente, come avrebbe fatto un padre guardando la propria figlia.

«Dai, basta parlare adesso. Butta giù un progetto per le prossime storie e torna con le tue idee, affinché possiamo parlarne.»

«Lo inizierò immediatamente, signor Del Castro. Entro breve avrà tutto ciò che mi ha appena chiesto. E ora, se non ha altro da dirmi, ritorno al mio ufficio perché ho già qualcosa in mente…»

«Direi di no; per ora è tutto. Allora aspetto il tuo progetto; sappi che intendo pubblicarlo entro quest'anno. Perciò, hai veramente molto da fare.»

«Certamente», disse la ragazza, alzandosi e appoggiando la sua penna sull'agenda dove prendeva nota di ogni cosa, quasi come fosse un diario. Guardò il direttore generale negli occhi e, prima che dicesse un altro grazie, il signor Del Castro intervenne:

«Ora vai e non ringraziarmi ancora.»

Jacqueline sorrise, abbassando la testa, perché lui l'aveva anticipata nelle intenzioni. Stava imparando a conoscerla.

«Devi ringraziare te stessa, se il primo volume di questa collana ha avuto successo», aggiunse.

Quell'intesa tra di loro le fece un enorme piacere. Lei accennò con la testa, come a dire di no, pensando a com'erano diverse le riunioni con Elenia nella Solo Lettere. Là, una conversazione, sia professionale che umana, non sarebbe mai esistita a causa del carattere prepotente, materialista e arrivista di Elenia Giusti.

VERONICA

Amicizia sincera

Prese la borsa appena arrivò nel suo ufficio.
Ancora in piedi, digitò sul proprio cellulare un messaggio a Veronica, prima ancora di scrivere al fidanzato. In fin dei conti, l'amica di tutta una vita era colei che l'aveva incentivata di più durante tutto il processo di transizione da Solo Lettere a Sagar.

> Voglio raccontarti quel che mi è appena successo qui nella casa editrice, ma è talmente importante che non voglio dirtelo per messaggio. Ti chiamo appena trovo un attimo...

> WOW sembra una roba importante! LOL

> Allora dobbiamo vederci, perché anch'io voglio raccontarti una cosa non di poco conto, già ti avverto... cmq, curiosissima...

Veronica era più di una migliore amica. Era l'unica persona di cui Jacqueline si fidava davvero, anche più di sua sorella Maria Paula.

Non che avesse problemi di relazione con sua sorella. Affatto. Ma quando aveva un problema, dubbio, o sentiva il bisogno di parlare di qualsiasi argomento la stesse disturbando o tormentando, andava subito da Veronica. Quasi in automatico. Il desiderio di condividere i pensieri o la propria vita con qualcuno si fa solo con chi ci sta veramente a cuore.

Probabilmente era proprio il buon senso unito alla grande sensibilità che aveva, oppure la sua intelligenza, a rendere quest'amica così speciale ai suoi occhi. Tanto che, di solito, era la prima a conoscere le cose più importanti che accadevano nella sua vita. Alcune persino prima del suo fidanzato, il medico chirurgo Rodrigo Antonielli. Proprio come stava accadendo in quel momento.

Veronica non era sposata. Conviveva con il suo storico fidanzato Luís Guilherme ormai da molti anni, e non sentivano il bisogno di sposarsi.

Gui, come gli piaceva farsi chiamare, non era il tipo di ragazzo che una donna definirebbe belloccio. Alto e magro, non era il suo fisico a richiamare l'attenzione, nonostante la sua altezza di quasi 1,90 m. Veniva notato di più per la barba e i suoi capelli quasi rossi. Questo sì.

«Quando sta zitto, in mezzo alle altre donne, potrei anche stare tranquilla. Ma se inizia a parlare…. è troppo simpatico!»

In effetti, questo commento di Veronica lo rappresentava benissimo. Ciò che lo rendeva così particolare, non solo per lei, era il suo modo di essere amichevole ed empatico con tutti.

C'era qualcosa in Gui che lo rendeva "accogliente", sia che si trattasse di uscire con gli amici il venerdì o durante il barbecue della domenica, sia se si metteva a chiacchierare seriamente con chiunque.

I due stavano insieme da otto anni. Era un rapporto davvero speciale e lei ogni tanto diceva che quel legame era così intenso da farla pensare che si fossero già impegnati in un'altra vita.

«Gli incontri più importanti sono già combinati dalle anime prima ancora che i corpi si vedano, come dice Paulo Coelho. Di questo sono sicura anch'io», affermava con convinzione.

Veronica era sempre stata una persona con una parte spiritualizzata molto accentuata. Forse fu proprio questo ad affascinare il suo amato Gui: anche se lui non lo era così tanto, gli piaceva il suo modo di ragionare. Imparava molto da lei.

«In effetti, mi sembra di conoscerti già da molto tempo, chissà… può essere vero che abbiamo organizzato quest'incontro nella nostra ultima vita…»

«Allora perché hai scelto di restare di nuovo con me, se questo fosse vero?» La domanda era più maliziosa che ironica. Veronica la fece mantenendo lo sguardo sornione e allo stesso tempo birichino negli occhi color miele di Luís Guilherme.

Non avevano figli. A 35 anni, il compagno di Veronica diceva che suo figlio, o sua figlia, avrebbe dovuto aspettare un po' perché voleva ancora vivere e godersi la vita con la sua compagna. Non intendeva condividerla con i figli. Almeno per qualche tempo ancora.

Lei, invece, a 32 anni sperava molto di diventare mamma. Subito, se fosse stato per lei, cosciente del fatto che l'orologio biologico della maternità cominciava a battere più forte. Avrebbe dovuto prendere una decisione prima o poi, se davvero avessero voluto dei bambini.

In più, l'affascinava l'idea che questo figlio, o figlia, potesse avere gli stessi capelli rossi del padre. Non vedeva l'ora di vedere il visetto che il suo amore per Luís Guilherme, firmato nelle stelle o meno, avrebbe creato.

Benché si sentisse pronta a dare una vita alla luce, il suo problema maggiore, in quel momento, era uno solo: cercare di coinvolgere Gui in quella sua nuova fase di vita.

RODRIGO E MARIA JACQUELINE

*La passione per i libri, parte
fondamentale del lavoro*

Jacqueline arrivò a casa e la prima cosa che notò fu il mazzo di tulipani colorati sopra il tavolo. Non poteva non vederli al primo sguardo: oltre che essere i suoi fiori preferiti, erano bellissimi.

Inoltre, quel profumino fantastico che proveniva dal forno, più che odore di casa, le diede la certezza di non voler essere da nessuna altra parte. Era lì che voleva stare: al fianco di quel ragazzo che aveva lo sguardo posato sulla pentola che si trovava sopra i fornelli.

Non si sorprese per la scioltezza con la quale Rodrigo girava la marisa. A lui piaceva cucinare e si destreggiava molto bene nella preparazione di qualsiasi piatto.

Quando alzò gli occhi verso di lei, la fissò stupito come se non l'avesse sentita entrare.

«Vieni qua e dammi un bacio, ma non farmi bruciare la nostra cena, eh?», la invitò il dottore mentre ruotava l'utensile. L'odorino della pietanza era molto buono. Senz'altro invitante.

«Non c'è niente di più sexy che trovare un uomo in cucina, che si destreggia tra pentole e fornelli», affermò Maria Jacqueline dopo aver dato un bacio appassionato sulle labbra di Rodrigo. «Specialmente se arrivi a casa e quest'uomo è bellissimo e sta cucinando per te…», sorrise, e gli diede un lungo bacio.

Puntò lo sguardo verso il salotto con ammirazione.

«E quei fiori meravigliosi?»

«Tutti per te», ribadì il dottore prendendo il guanto da cucina per aprire il forno.

Tolse la teglia e l'appoggiò sopra la griglia dei fornelli, con la stessa facilità che avrebbe fatto un vero chef che lo fa per mestiere.

«Oggi c'è da festeggiare», aggiunse con un po' di malizia nella voce. «Non è da tutti avere un progetto importante che sarà pubblicato da una prestigiosa casa editrice a livello internazionale per la seconda volta. Mi sto dando da fare; il tuo successo è davvero meritato. Sei speciale, e mi sento importante solo a stare con te.»

Rodrigo era emozionato veramente.

«Ti amo.»

Jacqueline rimase in silenzio, a guardarlo, travolta da quelle parole. La stretta che provò al petto non le permise di rispondere. Per un attimo temette di essersi lasciata coinvolgere troppo dalla situazione. Avrebbe voluto dirgli che anche lei lo amava, sebbene la loro relazione fosse più o meno agli inizi. Scelse di restare cauta, visto che le esperienze negative con i fidanzati, Tiziano, uno tra tutti, le avevano insegnato qualcosa. Preferì non dire nulla.

Il fidanzato ovviamente se ne accorse.

«Ti ho spaventata?», domandò con contegno. «Mi sono lasciato andare e ti ho semplicemente detto quello che ho nel cuore», confessò, abbassando lo sguardo per togliersi il guanto da cucina. Lo riappese nella sbarra di metallo dall'apposito porta-guanto.

«Non ti ho detto nulla che non sapessi già… o mi sbaglio?»

«Amore, non hai fatto nulla di sbagliato o inadeguato», affermò Jacqueline abbracciandolo. «È solo che è più facile provare un sentimento che confessarlo. Almeno, per me, è così.»

«Non devi aver paura, Jackie. Non ti farò mai del male.»

«Hai presente quando ci si scotta una volta?»

«Lo so. Non devi dirmi nulla, che già ti conosco abbastanza bene per sapere come ragioni…»

«Per ora posso solo dirti che sento tutto il tuo amore, ed è la parte più bella della mia vita.»

«Non devi aggiungere nulla, se per te non è arrivato il momento. Parlare di amore deve essere naturale; bisogna sentirlo. Ma sai che ti dico? Che è arrivato il momento di mangiare. Il pesce è pronto e anche il risotto. Quindi, siediti pure. Oggi ti vizierò per tutta la serata. E quando dico "tutta", significa proprio *tutta*, capito?…»

Allontanò la sedia, tenendola per le spalle, per far sì che lei si sedesse.

«Sono già una ragazzina viziata da te, bello mio…»

«Ti sbagli; non lo sei affatto.» Le diede un bacio sul collo da dietro, mentre ancora teneva le mani appoggiate sullo schienale, con Jacqueline già seduta. «Lo farò da oggi in poi, ma non ti abituare…» Rodrigo sorrise, girando intorno alla sua Jackie per sedersi con lei a tavola.

SOLO LETTERE

La trasformazione

Elenia continuava a sentirsi persa nella casa editrice che aveva creato anni prima, progredita grazie al duro lavoro di una sola persona: Maria Jacqueline Pellegrini.

Il suo licenziamento era stato un duro colpo per lei e non solo professionalmente parlando. Non era stato facile per l'imprenditrice trovare chi avesse le sue stesse potenzialità. Perché Jackie ne aveva veramente tante.

Da parte sua, quando lavorava ancora lì, sebbene avesse il controllo quasi totale della casa editrice, operando e attuando in tutti i campi e settori, preferiva in assoluto il momento della lettura dei manoscritti che arrivavano in redazione.

Quegli attimi di lettura, alla ricerca dell'opera che si sarebbe trasformata in un futuro libro, – e di pace, soprattutto, – le offrivano la sensazione che tutti i problemi e le delusioni del lavoro potessero essere superati. Maggiormente con Elenia.

Inoltre, quelli erano anche i momenti che, in segreto, cambiavano la sconosciuta Solo Lettere in una micro casa editrice di tutto rispetto.

Da lettrice appassionata e instancabile quale era sempre stata, per lei era molto facile capire se un testo era abbastanza forte per essere pubblicato o meno. Molte caratteristiche personali possono essere potenziate a lungo nella vita, ma alcune qualità sono innate.

Per questo non fu facile sostituirla. Affatto.

«Nessuno è insostituibile. Ci sarà pure qualcuno…»

Chi altri, se non quella spietata e crudele impresaria poteva essere d'accordo con questo pensiero? Se lo ripeteva quasi come un mantra.

La realtà era che Maria Jacqueline era e continuava a essere veramente speciale. Persino per la impietosa Elenia Giusti.

Lo testimoniava il periodo prolifico di buoni libri che la casa editrice Solo Lettere aveva pubblicato sotto la sua direzione, a cominciare da "Il gusto del mangiar sano".

La sua grande insistenza e caparbietà nel volerlo pubblicare era stata determinante, nonostante il parere sempre contrario della titolare. Jacqueline credeva davvero in quell'opera e il risultato fu oltre le aspettative, con i guadagni che Elenia da sempre auspicava per ogni singolo "prodotto".

Scritto dal dott. Rodrigo Antonielli, era e continuava a essere un'opera di riferimento nel settore. Lei molto insistette per pubblicare quel libro che cambiò non solo la sua vita, ma anche quella della Solo Lettere, e di conseguenza, di Elenia stessa.

Eppure trovare un'altra assistente editoriale che facesse, da sola, tutto ciò che era necessario nella Solo Lettere, come Jackie lo faceva giornalmente, si stava rivelando qualcosa di molto difficile da concretizzare, se non quasi impossibile.

Elenia ci provò svariate volte: all'inizio tentò di soppiantarla con un'unica persona. Però, il suo carattere autoritario certamente non aiutava a farle ambientare, così come nemmeno le sue inaudite richieste e aspettative di lavoro, che provocavano successive dimissioni. Una dopo l'altra, letteralmente.

Alcuni dipendenti furono "invitati a dimettersi" con i metodi a lei più peculiari e congeniali. Tirannici, ovviamente.

Altri, in un brevissimo lasso di tempo, entrarono e uscirono dalla casa editrice. Cadevano come birilli.

A ogni fallimento, lei stessa prendeva coscienza del fatto che sarebbe stato impossibile sostituire chi, più di chiunque altro, era riuscito a fare della Solo Lettere una casa editrice rispettabile nel mercato editoriale per la qualità dei libri che pubblicava: la sua ex assistente editoriale, nonché braccio destro.

Non voleva confessarlo nemmeno a sé stessa per il solo e unico motivo di non aver mai avuto il coraggio di guardarsi dentro. Era sicuramente la sua più grossa paura.

Comunque fosse, questi tentativi diedero origine a un caso che fece molto scalpore tra i dipendenti.

Con una delle sue idee strampalate, Elenia assunse addirittura due dipendenti per svolgere il lavoro di Jacqueline: valutare i manoscritti.

Le temerarie ragazze che subentrarono come assistenti editoriali poco dopo il suo licenziamento erano sì due giovani donne desiderose di fare il buon lavoro per cui erano state assunte, ma erano altrettanto inesperte. Oppure si può semplicemente dire che mancava a loro l'intuito della predecessora.

Maya e Milena ci provarono, con grande impegno pure. Facevano anche degli straordinari non retribuiti pur di offrire un buon lavoro, ma non rientrarono nel profilo di lavoratore che Elenia definiva come ideale. Nessuno ci riusciva.

«Il lavoro svolto da Jacqueline presso l'*agenzia* è stato davvero fruttuoso», commentò durante una conversazione all'apparenza informale, senza dare grande importanza a ciò che diceva. Lo disse più per "incoraggiare" le ragazze.

A modo suo, chiaramente.

Però, non furono capaci di ottenere risultati.

Al primo errore commesso, senza che la titolare e autoproclamata amministratore volesse nemmeno sapere altro, le due dipendenti furono immediatamente trasferite a lavorare nello stanzino che fungeva da sgabuzzino, malridotto veramente. Quell'ambiente era invivibile. L'insopportabile umidità presente sui muri grigiastri costrinse le inesperte ragazze a chiedere le dimissioni irrevocabilmente dopo solo alcuni giorni.

Elenia aveva ottenuto ciò che desiderava. Ma tutti hanno parlato di questo fatto per anni. E, sottobanco, se ne parlava ancora.

Quando l'imprenditrice si capacitò che senza Jacqueline la sua impresa non avrebbe avuto lo stesso successo di prima, diede vita a un processo di segmentazione dei dipartimenti in un tentativo quasi disperato di non chiuderla del tutto.

Per questo motivo la Solo Lettere divenne una vera e propria agenzia, come amava chiamarla la sua proprietaria, con varie specializzazioni. Non aveva mai avuto così tante assunzioni come in quel periodo: il lavoro era svolto da così tanti nomi nuovi che nemmeno la buona memoria di Elenia riusciva ad associare dove lavoravano quei visi con i quali cercava un certo tipo di contatto durante le pause giornaliere lavorative. Più per mero controllo generale che per la voglia di socializzare.

D'altra parte, a lei non importava affatto con chi stesse lavorando, ma come e se quella persona potesse portarle profitti. E quanto, principalmente.

Il problema più grande era che dopo sei mesi senza Jacqueline, la Solo Lettere non aveva più pubblicato un libro di "qualità" per ottenere i buoni risultati di vendita che la proprietaria tanto voleva.

Il fatto che la sua casa editrice si trovasse in una situazione finanziaria piuttosto delicata, dovuto a quel licenziamento importante, scaturì in Elenia una gran voglia di vendetta.

«Tu non mi rovinerai, mia *cara* Jacqueline. Di questo puoi starne certa. Semmai lo faccio io a te, per prima.»

Dicono che la vendetta è un piatto che va servito freddo. E chi lo fa, sa anche che non deve avere fretta nel trovare il momento giusto per attuarla. Elenia Giusti ne era pienamente consapevole.

«Non ho nessuna fretta per fare in modo di rovinarti, perché è per questo che vivrò, da adesso in poi...»

VERONICA E JACQUELINE

«È stato bello lasciare il lavoro, anche se per poco. Avevo proprio bisogno di staccare un attimo e di stare un po' con la mia amica…»

Veronica fece il segno dell'artiglio con una mano, aprendola e chiudendola, a simboleggiare il cuore che batte.

«Awnnnnn! Guarda il cuoricino… Lo stesso per me. Amo il mio lavoro, che mi dà molte soddisfazioni; lo sai. L'unica cosa che un po' mi spiace è che non posso guardare le persone negli occhi, anche se riesco comunque a percepire l'energia delle persone attraverso il modo in cui si esprimono. Ma niente è come poter interagire con le persone…»

«A volte è più semplice non dover interagire», completò Veronica con la sua solita arguzia.

«Lo so; sono consapevole. Ma mi piace il calore umano.»

«Perché me lo dici? Non è che hai problemi con qualcuno alla Sagar? È un caso di proiezione, per caso?»

«Non iniziare a psicanalizzarmi, eh!?»

«Non ci sarà tempo.»

Veronica abbassò la testa sorridendo per essere stata anticipatamente accusata di qualcosa che ovviamente avrebbe fatto.

«Sto leggendo un ottimo libro a riguardo. Secondo me, dovresti leggerlo anche tu. È proprio su questo argomento…»

«Proiezione?»

«Sì. Non puoi immaginare cosa ci portiamo dentro, che nemmeno ce ne rendiamo conto. Né il danno che inconsciamente ci facciamo a causa di ciò.»

«Ok. Ne parleremo un'altra volta, va bene? Adesso abbiamo meno di un'ora per parlare di cose più amene e pranzare allo stesso tempo, il che in effetti mi sembra una roba piuttosto complicata, dato che ho così tante cose da dirti...»

«Anch'io», disse Veronica, interrompendola. «È vero. Quindi approfittiamo della tua pausa pranzo. Dovremo essere brevi per darci il tempo di raccontarci tutto, ok?»

«Perfetto. Chi inizia?»

«Tu... tu. Quello che voglio dirti io è solo una frase, anche se per me è estremamente importante.»

«Allora inizia te, perché mi hai già incuriosita...»

«No, dai. Dimmi.»

«Ok. Comincio io, altrimenti perdiamo ancora più tempo.»

«Infatti...»

«Il signor Santiago Del Castro vuole continuare la collana che ho lanciato, pubblicando il volume II di "Per il gusto di leggere".» La scintilla apparsa negli occhi di Jacqueline contagiò e commosse anche Veronica.

«Sul serio, Jackie? Sono felicissima per te. Congratulazioni!»

«Grazie, Verò. È incredibile per me questa fiducia, mai avuta fino ad adesso, ci credi?»

«Con la Solo Lettere, intendi? Non ne dubito. Che differenza...»

«Ho pensato la stessa cosa. Lavorare con il Signor Del Castro, dopo aver incontrato e lavorato con Elenia, è come andare direttamente in paradiso.»

«La Solo Lettere non è una casa editrice. Non lo è mai stata. E tu ne hai le prove.»

«Nella Sagar è tutto molto diverso. A cominciare dal rispetto del direttore, che lavora veramente e si preoccupa del lavoro di tutti.»

«Ogni dipendente ha la sua importanza. Questa cosa non può essere trascurata. E la parola "rispetto" Elenia l'aveva eliminata dal suo vocabolario già da parecchio.»

«È una persona molto complicata con cui avere a che fare. E guarda, questa non è una mia proiezione, eh? Lei è complicata davvero!»

«Me l'hai detto spesso. Ha un modo di vivere tutto suo, che sicuramente condiziona ogni relazione della sua vita. Non è il tipo di persona che possiamo definire "comune".»

«Io avrei detto *"non normale"*…»

Jacqueline rigirò gli occhi.

«Non esagerare. Normale lo è, ma fa cose talmente tanto al di fuori di ciò che consideriamo "comune" che alla fine penso che lei non sia comune né normale. Proprio per niente.»

«E io invece penso che sia meglio smettere di parlare di Elenia Giusti, altrimenti finirai per rovinare il nostro delizioso pranzo.»

«Provi ancora del rancore, in fondo in fondo, vero?»

«Non sai cosa ho passato con lei…»

«Dopotutto, lei e l'impiego che ti ha offerto ti hanno inse-gnato molto. E ti hanno permesso di imparare molto anche sul lavoro.»

«Il signor Santiago Del Castro mi ha detto la stessa cosa.»

«Perché è esattamente così. Sai cosa ti dico? Perdona. Perdona e volta pagina, ciò che fai normalmente quando lavori con i tuoi libri…»

«Ne prenderò nota. È una delle tue battute migliori…»

«Ma è vero, Jackie. Non ha senso terminare una relazione, o qualsiasi altra cosa, continuando a soffermarsi su tutto quello che è successo. Nella tua testa non ti sei ancora disconnessa dalla Solo Lettere, anche se non lavori più lì.»

«Può darsi.»

«È così. Fidati. Poi, basta girare di veramente poco il caleidoscopio con cui guardi la vita per vedere un'altra immagine o addirittura tutto diverso. Ho ragione o no?»

«Come sempre, così come la modestia continua a essere il tuo punto forte…»

«Non è una questione di modestia. È la realtà. Lo sai chi è la più realista tra noi due, no?»

«Ecco perché sei la mia migliore amica. Per tirarmi giù per i piedi quando "salgo" troppo… ma, cambiando discorso, cosa volevi dirmi? Sono curiosa anch'io.»

«Allora… premetto che non ho detto nulla neanche a mia madre, quindi non ti sentire in qualche modo "tradita", ok?»

«Mi stai facendo preoccupare…»

«Tranquilla. Sto bene, ma questa volta mi dispiace che non ci sia proprio nulla…»

«Vai al dunque, Verò. Non mi tenere così sulle spine!»

Veronica fece un lungo respiro.

«Lo sai che Gui e io desideriamo un figlio – io, molto di più, come penso che sia normale, come donna.»

Guardò per un'istante le proprie mani e subito dopo fissò negli occhi Jacqueline.

«Forzando un po' le cose con Gui, ho cercato di rimanere incinta ma non ci sono riuscita. Tutte queste cose le sai bene. Quello che non ti ho ancora detto è che abbiamo pensato di ricorrere all'inseminazione artificiale…»

«Wow, amica mia! Hai già fatto la procedura?

«Sì, una volta…»

«E…?»

Veronica scosse la testa, affranta.

«Non è andata a buon fine, purtroppo. Non ti ho detto nulla perché avevo aspettative altissime e temevo di non riuscire a gestirne ulteriori. Mi dispiace non aver condiviso con te questo momento così importante della mia vita.»

«Non devi spiegarmi nulla. Ti capisco.»

«Sono rimasta malissimo il giorno che ho saputo il risultato. Negativo. Sono andata a fare la visita e il medico si è seduto accanto all'ecografo. Non stavo nella pelle, guarda. Per un po' i suoi movimenti con il manipolo sono scorsi in un modo che a me sembrava del tutto normale, ma quando ho visto il dottore stringere le labbra, che ho interpretato come segno di delusione, mi sono sentita sprofondare nel lettino del ginecologo. Sto ancora "digerendo" la cosa. È stata una batosta molto grossa. Soprattutto per me, ma devo ammettere anche per Gui; si era sentito molto coinvolto. Alla fine desiderava diventare padre anche lui.»

«Non sai quanto mi dispiace, amica mia... pensi di provarci ancora?»

«Per ora no. Non sono pronta ad affrontare questa delusione un'altra volta.»

«Perché sei tanto sicura che sarà una delusione? Di solito è l'ultima chiave del mazzo che apre la porta.»

«Se ora ti sentisse Debora, ne sarebbe fiera», affermò Veronica con un certo stupore. «Lo so e hai fatto bene a ricordarmelo. Ma per ora non voglio affrontare questo argomento. Neanche con me stessa... dai, tiriamoci su il morale e non parliamo più di questo, ok? Per ora non voglio fare altre inseminazioni. Sono procedure complicate, dal punto di vista emozionale. Quindi, adesso non cerco più nulla. E se non rimarrò incinta, vivrò la mia vita con Gui nel migliore dei modi: viaggeremo per tutto il mondo, ci divertiremo...»

«Hai ragione. Quando non possiamo avere ciò che vogliamo, dipende da noi imparare la lezione o ribellarci. Siccome non sei una ribelle, c'è solo da imparare da questa esperienza, anche se negativa.»

«Ma sentila! Sei diventata peggio di Debora… se lei ti ascoltasse adesso, sì che ne sarebbe fiera!»

«Smettila! Mi sa che tu e lei mi avete contagiata… chi cammina con lo zoppo, impara a zoppicare», Jacqueline rise da sola. «Comunque, scherzi a parte, io ci sono e lo sai. Quando e se avrai bisogno.»

«Lo so, e ti ringrazio; anch'io ci sono sempre per te. Mi basta che tifi per me, che la tua preghiera è potente.»

«… e tu sei amica mia per questo?»

«Chiaro. Anche», disse ridendo e strizzando un occhiolino a Jackie. «Ma guarda che ore sono…»

«Mmm, già l'1:40?»

«Già. Andiamo, altrimenti finirai per fare tardi. Io non ho orari, ma tu… non va bene che arrivi in ritardo. Sei ancora agli inizi.»

«Se fossi nella Solo Lettere me ne preoccuperei, ma non nella Sagar. Il signor Del Castro lo capirebbe.»

«Certo, ma andiamo lo stesso. Anche perché oggi parlerò con una blogger che so già mi toglierà la pazienza.»

«Sii paziente con lei. Potrà aiutarmi con il secondo volume del mio "Per il gusto di leggere"…»

«Dico così ma è una brava persona. Su. Andiamo. Oggi tocca a te pagare il conto, giusto?»

«Sì, oggi tocca a me.»

«A buon rendere, allora.»

«Come sempre…»

DOTT. RODRIGO ANTONIELLI

Il libro che cambiò la sua vita

Il medico divenuto famoso con la pubblicazione del suo primo libro di consigli per una sana alimentazione, con delle ricette molto particolari, era sempre più occupato.

Oltre a essere impegnato quotidianamente nei turni dell'ospedale dove lavorava, aveva bisogno di trovare un equilibrio tra il seguire i suoi pazienti, nello studio privato, e avere del tempo per le interviste televisive che tanto piacevano a Elenia Giusti.

Il suo libro, "Il gusto del mangiar sano", continuava a essere pubblicato dalla Solo Lettere, cosa che in un modo o nell'altro manteneva Jacqueline ancora legata alla casa editrice dove aveva lavorato.

Rodrigo, dopo la dichiarazione d'amore fatta a Jackie alla fine della serata di presentazione della collana da lei lanciata presso la Sagar, era diventato il fidanzato che ogni donna sogna di avere, rendendo ancora più intensa la loro storia d'amore. Era affettuoso, sexy, attento e appassionato.

Anche per lui tutto aveva acquisito un significato diverso, tanto da non aver più bisogno di riempire il vuoto dei suoi sentimenti con donne come Louise Bresson, per esempio. Lei, con quel suo *allure* francese e un aspetto calmo e mite, dispensando gentilezze e indifferenza allo stesso tempo, non destava alcun sospetto e trovava sempre il momento più opportuno per agire a proprio vantaggio. Una vera e abilissima arrampicatrice sociale nascosta tra manierismi molto femminili e sensuali.

Aveva preso di mira Rodrigo Antonielli fin da quando era ancora sposata, senza riuscire ad avvicinarsi quanto avrebbe voluto all'avvenente dottore. Quando si separò, fu il primo uomo che contattò in cerca di "conforto".

Rodrigo si era appena separato, e la sua solitudine gli fece rispondere un sì un po' dubbioso quando Louise lo invitò "solo per un caffè tra amici che non si vedono da un po'". Sentendosi solo, accettò l'invito.

Esiste però il momento ideale per ogni tipo di relazione. E solo se i tempi e gli obiettivi di entrambi coincidono, avviene il big bang anche nell'amore, che con il suo intrinseco potere di creazione genera una realtà.

Non fu esattamente quello che successe tra Louise e Rodrigo, nonostante avessero trascorso alcuni mesi della loro vita insieme in una relazione più che altro basata sugli incontri fortuiti che avevano.

Rodrigo non era pronto per una relazione seria e Louise voleva compagnia. Ma non una qualsiasi. Doveva essere quella di un uomo affascinante, interessante, intelligente e seducente. Proprio come lui. Il suo fascino innato, unito alla sua voce calda e profonda, suscitava un'esplosione nei desideri femminili.

Non fu difficile sedurlo. Abile nelle conquiste in generale, Louise non ebbe bisogno di fare molti sforzi o utilizzare argomenti convincenti per avere una relazione con uno dei medici più ambiti nella fetta di società che frequentava.

Rodrigo era molto carismatico. L'energia delle persone è la chiave principale per aprire qualsiasi porta, e lui riusciva ad aprirne molte, guadagnandosi, così, l'ammirazione anche di molte donne senza volerlo, com'era successo con Louise.

Quando nella sua vita arrivò l'opportunità di vivere negli Stati Uniti per diventare la signora del direttore generale di una rinomata clinica americana, Rodrigo fu inevitabilmente scambiato, non senza rimpianti da parte della donna di origine francese da parte di padre.

Infatti, per lei, il dottor Antonielli era stato più che un compagno momentaneo durante le ore di piacere, senza che un simile rapporto avesse alcuna reale importanza per il medico.

Tutto cambiò per lui quando incontrò Maria Jacqueline, che lo conquistò in modo travolgente. Tanto da fargli pensare di risposarsi, una cosa che era davvero fuori dai suoi piani.

Era un sabato. Rodrigo era appena arrivato da un turno estenuante in ospedale, dove aveva curato alcuni casi gravi arrivati dal pronto soccorso.

Anche Jacqueline aveva lavorato molto alla Sagar: voleva concludere al più presto la selezione delle opere che sarebbero state incluse nel secondo volume della sua serie "Per il piacere di leggere".

Cenarono a casa con un servizio di *delivery*, poi Rodrigo sistemò tutto velocemente. Lavò i piatti, lasciando sul tavolo i bicchieri con la bottiglia di vino. Raccolse la spazzatura, la mise via, e andò a farsi una doccia calda per rilassarsi. Tornò in accappatoio.

Jacqueline uscì dalla camera indossando anche lei un accappatoio bianco peloso, e un asciugamano avvolto intorno alla testa dello stesso colore. Si era appena fatta la doccia pure lei.

Si sedette sul divano con un movimento rapido e agile, poggiandosi sulla gamba destra. Prese il telecomando e, puntandolo al televisore, lo pigiò di continuo facendo zapping.

Si fermò quando vide le scene di un film in bianco e nero. I vecchi film catturavano la sua attenzione, anche se per poco. La incuriosiva vedere come fosse la vita vissuta a quei tempi.

Rodrigo si avvicinò subito dopo, abbracciandola da dietro. Si sedette accanto a lei e le diede un bacio sulle labbra.

In una delle scene che stavano trasmettendo, sorrise ingenuamente, e Jacqueline, sistemandosi meglio, affondò la testa sul suo petto. Lui l'avvolse tra le braccia. Jackie amava quella sensazione; la faceva sentire amata e protetta. Non c'era modo migliore per dimenticare una giornata difficile o stancante.

«Oggi stavo pensando a una cosa… perché non scrivi un altro libro? Hai mai pensato a questa possibilità?»

Si girò di scatto per stargli davanti e guardare il fidanzato in viso. Lei ne era davvero entusiasta, tanto che sembrò più una richiesta che un'idea.

«Potrei aiutarti.»

Cominciò ad accarezzargli le ciocche di capelli con la punta delle dita.

«Non con il testo, ma con tutto ciò che ha a che fare con la rilettura e pubblicazione…»

«Semmai scriverò un libro non sarà di certo pubblicato dalla Solo Lettere.»

«Mi dispiace che sei ancora vincolato a loro. Non si meritano di avere un libro come il tuo con il loro logo.»

«È che non ho voglia di intraprendere un percorso giuridico per liberarmene. Non piace neanche a me, ma per ora è più semplice così.»

«Il tuo libro vende tanto; è un peccato anche per questo. So per certo che Elenia non ti passa neanche la metà dei tuoi guadagni veri. Ho lavorato lì e so benissimo come lei gestisce le vendite degli autori, poveri ignari… sapessero…»

«Se il mio libro non fosse interessante per lei, cioè, se non vendesse, potrei lasciarlo fermo fino allo scadere del contratto, aspettando che finiscano i due anni senza vendere un solo esemplare. Ma non mi conviene. E non solo perché ho buone vendite. Quando vado in queste ospitate ovviamente vado anche per parlare del mio libro. E devo mantenerlo attivo, in vendita. Anche se, per ora, questo significa lasciare che Elenia si arricchisca sulle mie spalle, senza muovere un dito.»

«Che è quello che è successo e che succede fino ad adesso con tutti…»

«Sai qualcosa di loro?»

«Sinceramente no. Non mi interessa affatto. Ma è anche per questo che ti ho detto di scrivere un secondo libro: potrei farlo vedere al Signor Del Castro. Adesso avrei qualche voce in più in capitolo. Poi, Veronica conosce una blogger con un sacco di followers. Potrebbe darti una mano pure lei. Vedi? Sei circondato di opportunità. Ti basterebbe solo scriverlo…»

«Sei già arrivata addirittura alla fase di divulgazione? Certo che i libri sono proprio la tua passione, altro che mestiere…»

«È tutto insieme. Non so dove finisce uno e inizia l'altro. Lavoro e passione, per me, sono una cosa sola. Non potrei fare altro nella vita, così come credo che tu non riusciresti a stare lontano dagli ospedali per curare la gente.»

«Ma sai che anch'io ho pensato una cosa oggi, tra un caso disperato e l'altro?»

«Hai pensato a me?»

«Beh, non smetto di farlo…»

«E che hai pensato?», chiese guardandolo con sguardo birichino.

Rodrigo alzò la testa verso di lei e sorrise.

«Se mi guardi così, sai che non riesco a finire il discorso…»

«Ok, sono seria. Giuro. Dimmelo.»

«Allora… dato che stiamo sempre insieme, e io sto più a casa tua che nella mia, perché non decidiamo di vivere insieme?»

Gli occhi di Jacqueline si illuminarono ma lei non rispose.

«Perché questo silenzio? Ti spaventa, la cosa?»

«No, affatto. Ma perché non lasciamo le cose come stanno?»

«Non è la risposta che mi sarei aspettato da te.»

«Non voglio essere frettolosa per poi pentirmene dopo. Tutto qui.»

«Oppure mi stai allontanando. Hai pensato a questo? Spesso quando ti dico quello che sento o vorrei fare mi freni…»

«Non è che ti freno. Voglio solo essere solo cauta. Ho già sofferto troppo. Lo sai», ribadì lei.

«Sembra quasi che non mi vuoi bene, almeno non tanto quanto ne voglio io a te.»

«E invece è proprio all'incontrario. Io ti amo veramente.»

Lui sorrise furbo.

«Ah… allora devo spingerti per farti palare?»

«Non devi necessariamente farmi parlare, basta sentirmi…»

«Come?»

Rodrigo guardò l'asciugamano che ancora avvolgeva i suoi capelli.

«Così, per esempio?» Con una leggera tiratina sulla punta, tolse la tovaglia.

Jacqueline mosse la testa, per sciogliere i suoi capelli bagnati, e si fece seria. Si avvicinò e baciò quella bocca che le piaceva tanto.

«Non c'è bisogno di farmi parlare. Basta sentirmi…», ripeté piano piano, mentre toglieva l'accappatoio a Rodrigo.

ELENIA E ENRICO GIUSTI

Un rapporto tossico

La vita della proprietaria della Solo Lettere continuava a subire notevoli cambiamenti, e non solo sul lavoro. Sembrava che il destino la stesse mettendo alla prova, perché tutto ciò che succedeva aveva una ripercussione molto negativa su di lei o sulle sue scelte.

Oltre a Jacqueline, la cui mancanza l'aveva fatta immergere in un mare di nuove sfide e problemi, perse anche altri due dipendenti con risultati altrettanto problematici per lei e la sua casa editrice. Alessandro, per primo in ordine di importanza, su cui aveva riposto una grande responsabilità: avrebbe dovuto arrivare là dove lei stessa non riusciva. Come se fosse una specie di suo avatar.

In effetti, quando Enrico e Elenia crearono il Gruppo Solo Lettere, con sede in Svizzera, quel ragazzo andò a vivere in quel paese per un periodo che, per questioni burocratiche, avrebbe dovuto essere soltanto di qualche mese. La burocrazia richiedeva primariamente una persona presente all'indirizzo registrato nei documenti dell'azienda.

Lui fu il prescelto per via del suo carattere. Parlava poco, era ben predisposto ai compromessi, pur di crescere in azienda, e sembrava piuttosto affidabile.

Data l'obbligatorietà delle circostanze, lui rimase in quel paese per qualche mese, il tempo sufficiente per capire che era stato imbrogliato dalla proprietaria e principalmente dal marito, che non mantennero la parola di passargli i soldi necessari per la sopravvivenza.

Al di là del suo stipendio, riceveva soltanto una piccola somma che era insufficiente per l'affitto e i viveri, ridotti al minimo assoluto.

In questo modo, Alessandro si ritrovò praticamente solo all'estero, senza sapere cosa fare tutto il giorno e, oltretutto, il problema più grosso per lui, privo di soldi.

Oltre ad Alessandro si licenziò anche la ragazza, diventata in poco tempo la responsabile per la grafica grazie al tentativo di Elenia nel porle fiducia, allegando "cause personali". In realtà, altro non era che l'incompatibilità con la titolare stessa.

Questa difficoltà ormai sembrava essere diventata contagiosa nella Solo Lettere. In tanti cominciavano a soffrire di questo "male" e se ne andavano.

«Spero che questa negatività finisca presto. Sembra che tutto ciò che tocco finisca male…»

Era proprio così. Re Mida al contrario.

Elenia stava attraversando un periodo molto negativo, con perdite importanti anche nel suo matrimonio.

Sia per il nervosismo accumulato nel dover affrontare quotidianamente solo problemi, sia per la mancanza di pazienza derivante da un simile stato d'animo, già molto presente nel suo carattere, restava il fatto che l'imprenditrice aveva cominciato a ribellarsi contro gli abusi del marito, a casa, e anche al lavoro.

L'imprenditrice arrivava sempre molto tardi a casa, stanca, nervosa e scura in volto. La presenza del marito non la confortava; tutt'altro. In tempi passati, non molto distanti, bastava guardarlo per star bene di nuovo. Enrico aveva molto potere su di lei, che si sentiva attratta da lui in modo quasi morboso.

Era un rapporto tossico quello. Lei non era felice, ma non riusciva a staccarsi da quel filo invisibile che la teneva unita al marito. Soffriva molto anche per questo.

Consapevole di ciò, Enrico la manipolava, come meglio preferiva per i suoi desideri, bisogni e necessità: pretendeva quotidianamente la sua dedizione come se le stesse facendo un favore o, peggio ancora, come se "rispettarlo" fosse un suo obbligo. Questo fanno i manipolatori. Ma non solo. La faceva soccombere nelle sue insicurezze e nei suoi problemi. Riusciva a farla sentire dipendente delle sue torture psicologiche.

Nonostante le sue decisioni e interpretazioni di vita molto discutibili, Elenia era sempre stata una donna dotata di una grande forza di carattere. Benché si trovasse intrappolata in un legame con una persona al limite della buona salute mentale.

Non furono poche le volte in cui lui le alzò le mani. Come, ad esempio, quando Elenia arrivò alla Solo Lettere con un braccio immobilizzato in un tutore, allegando una brutta caduta. O quando aveva lividi nel viso che non combaciavano con le sue spiegazioni strambe di essersi scontrata in malo modo nelle varie porte di casa.

In questo rapporto così complicato, lei aveva semplicemente dimenticato che l'amore deve essere un sentimento tranquillo. Se è solo sofferenza, è perché c'è qualcosa di molto sbagliato in esso. Quando l'equilibrio delle relazioni pende da una sola parte, è perché il peso è stato gettato tutto sulle spalle dell'altro/a.

Forse per il nervosismo accumulato da tanti eventi negativi successi insieme, o più probabilmente perché lui aveva veramente sorpassato il limite, considerando lecito infliggerle ogni tipo di sofferenza, l'impresaria iniziò quindi a ribellarsi anche contro i soprusi del marito.

Nella sofferenza più totale, bisogna toccare il fondo per poter risalire. Lei lo fece in modo ancora inconsapevole quando, in un momento di perdita di lucidità per eccessiva fiducia in sé stesso, Enrico Giusti afferrò e scagliò il cellulare in faccia alla moglie.

Un lampo di odio balenò negli occhi di Elenia.

«Non avresti dovuto…», lo recriminò con espressione di ghiaccio.

Il sangue che vide sulle sue mani dopo essersi toccata la bocca la spaventò terribilmente.

Il forte dolore che sentiva nelle gengive le diede la quasi certezza di aver perso un dente. In realtà, il danno fisico si limitò a un piccolo taglio nel labbro superiore, che si cicatrizzò in pochi giorni senza ulteriori conseguenze.

La perdita di sangue le fece prendere piena coscienza di sé stessa e di ciò che stava permettendo al marito di infliggerle. Qualcosa di possente si spezzò in lei in quel preciso istante. L'autostima è potentissima anche in piccole dosi.

La donna comprese di non riuscire più a sopportare quella sofferenza. Esiste un limite per tutto, e lei era arrivata alla sua soglia massima.

Il marito non le aveva ferito solo una parte del viso, visibile in appena due centimetri di graffio. Con quel bruttissimo gesto aveva fatto sì che Elenia vedesse ciò che le stava accadendo veramente, e infine riscattasse un po' della propria autostima.

Quella donna di carattere aveva imposto a sé stessa di essere forte soltanto per reggere i colpi e le aggressioni del marito. Ma questo l'aveva spinta a rimanere inerte senza reagire, ricevendo solo colpi più violenti anche dalla vita.

Non fu lei a chiedergli di andare via.

Il suo "ora basta, adesso sei andato troppo oltre" disarmò Enrico a tal punto che, sentendosi sopraffatto, ritenette opportuno abbandonare la scena.

Si pentì immediatamente di quello scoppio d'ira. Non sapeva controllare l'irruenza che ancora lo dominava. Così si diresse all'armadio della loro camera. Aprì lo sportello più in alto e prese la valigia "Louis Vitton" che Elenia gli aveva regalato per Natale, poggiandola sopra il letto. Lei rimase immobile a osservarlo da lontano, accostata al battente della porta. In silenzio.

L'uomo rigirò la borsa in modo che la chiusura a lampo fosse più comoda, per aprire la piccola valigia, e la lasciò aperta.

Tornò all'armadio. Questa volta per prendere soltanto un paio di cambi infilati con negligenza – più per il desiderio di non sentire la presenza di quella donna che lo osservava con ripugnanza che non per la vergogna di averla aggredita.

«Stai cercando di intimidirmi?»

«Al contrario. È meglio per te se vado via adesso. Parliamo dopo», rimbeccò senza darle la possibilità di rispondere.

Non dare la possibilità all'altra persona di parlare è, anche questa, una tecnica molto usata dai manipolatori in generale.

Enrico uscì di casa senza aggiungere altro.

SANTIAGO DEL CASTRO

Un uomo che dedica la propria vita ai libri

La sua attenzione era tutta focalizzata sulla creazione del suo secondo libro della serie "Per il gusto di leggere".

Maria Jacqueline era talmente concentrata sulla decina di fogli sulla sua scrivania, incluso i manoscritti che doveva leggere per decidere se avrebbero fatto parte del prossimo volume, che nemmeno si accorse dell'entrata di Rilley.

«Non si saluta più i colleghi?», chiese il ragazzo con un sorriso che la disarmò.

«Ehi! Ma certo!», rispose lei, appoggiando le braccia sulla scrivania.

«Sono talmente presa dal lavoro che non ti ho visto entrare… che mi dici?»

Jacqueline non poté non notare quanto gli donasse quella semplice maglietta nera.

Ricambiando lo sguardo, il ragazzo sospirò e fece scomparire le mani nelle tasche dei pantaloni.

«Te lo dico sempre che lavori troppo. Ti servirebbe una pausa. Ora la prenderai di sicuro, perché il Signor Del Castro ci sta aspettando per una riunione lampo. Mi ha accennato che vuole implementare delle modifiche nel nostro lavoro, ma meglio se andiamo nel suo ufficio per sentire quali.»

«Proprio adesso che ho mille cose in testa… faccio in tempo a prendere nota di un paio di cose? Sai, non vorrei perdere il filo…»

«Mi dispiace ma temo di no. Lampo, in questo caso, vuol dire immediata, nel caso ti sia sfuggito il termine.»

Da un po' di tempo, ormai, le provocazioni di quel ragazzo, non molto alto ma con uno charme che non passava assolutamente inosservato, erano palesi.

Si arrese Jacqueline, alzandosi con un sorriso.

«Ok. Ho capito, capo...»

Riunì i fogli, e diede loro una piccola aggiustatina prima di sbatterli sul tavolo per assestarli e rimetterli nel suo terzo cassetto, quello che chiudeva a chiave.

«Sai cosa vorrebbe modificare?», domandò poi con fare leggermente preoccupato. Lo fissò negli occhi, osservandoli per qualche secondo, e si dimenticò di ciò che voleva sapere: quella rara tonalità di verde, negli occhi, li rendeva unici e magnetici.

«Sì, qualcosa so. Me l'ha accennato qualche tempo fa, quando tutto era ancora soltanto un'idea. Un'intenzione, mettiamola così. Comunque sono sicuro che saranno cambiamenti positivi per tutti noi.»

«Lo spero, perché quando c'erano riunioni nel mio lavoro precedente... meglio che non ti dica nulla. Voglio risparmiarti questa sofferenza», commentò ironicamente.

"Peccato per quella barbetta. Starebbe senz'altro molto meglio senza", pensò lei, guardando quel visino particolare. Un po' androgino, un po' angelicale.

«Addirittura sofferenza!» Esclamò il ragazzo inchiodando lo sguardo di Jacqueline. «Eeesagerata...», prolungando la durata della prima vocale.

«Tu non sai nulla, bello mio... non conosci la direttrice della Solo Lettere. Non sai di cosa è capace quella donna.»

«Per chi ti sente, sembra che lei sia "Il diavolo veste Prada" in persona.» Con i suoi modi gentili, era un ragazzo veramente particolare.

«In confronto a lei, Miranda Priestly è la persona più docile, amorevole e buona di questo mondo…»

«Non è possibile…»

«Non ti dimenticare che stiamo parlando di Elenia Giusti. E con lei, *tutto* è possibile. Lei è un osso duro veramente.»

La conversazione finì davanti alla porta dell'ufficio del Signor Santiago del Castro.

«Mi racconterai tutto dopo. Ora entriamo…»

Rilley fece un passo in avanti e aprì la porta, facendo un gesto con la mano per invitare Jacqueline a entrare per prima.

Quando lei gli passò di fianco, lui inspirò per ben due volte di seguito per sentire il suo buon profumo.

L'assistente editoriale e il mediatore aziendale entrarono nella sala conferenze e salutarono il Signor Del Castro, già in piedi di fronte al grande schermo della sala. Si sedettero l'uno accanto all'altro nel lungo tavolo della sala dedicata alle riunioni e appuntamenti importanti.

Fecero seguito i membri dell'editoria e alcuni della direzione della Sagar, insieme ai responsabili di dipartimento. In pochi minuti, dopo una breve conversazione informale, la riunione ebbe inizio.

«Innanzitutto voglio ringraziare tutti voi che avete lasciato i vostri impegni importanti per venire qui e dedicarmi la vostra attenzione.»

Il rispetto era fondamentale per il CEO della nota casa editrice. Un concetto personale e lavorativo irrinunciabile.

Il mormorio tra i presenti, di ringraziamento e apprezzamento delle sue parole, gli fece alzare leggermente il labbro superiore come movimento involontario in segno di complicità con quelle persone che lo guardavano. Aspettavano tutti sue notizie.

«Da oggi in poi avremo degli importanti cambiamenti nella Sagar. Spero che siano graditi per ognuno di voi. Credo che il vostro impegno e lavoro siano di grande importanza per la realizzazione e concretizzazione del nostro obbiettivo primordiale, che è – e rimarrà sempre – la pubblicazione di libri che possano arricchire le persone. Come sapete, la nostra attività spazia dal semplice piacere di leggere fino ai nostri libri con temi specifici, toccando tutti i lettori, di ogni età e grado di cultura. E la nostra *mission* è divulgare i libri come importante strumento per la vita: la lettura.

Perciò, quello che voglio, con questo cambiamento, che è una vera evoluzione, è trasformare l'idea che il lavoro debba essere fatto in tempi e modi che siano *obbligati*. Queste idee mi girano nella mente già da molto e credo che ora siamo tutti pronti per recepirle nel miglior modo possibile. Chissà se altri ci seguiranno…

La passione che ci accomuna ha reso fattibile questa mia decisione, perché non dubito che siamo tutti maturi per affrontarla e viverla nel miglior modo possibili. Quindi, cari miei, da oggi in poi, non avremo più orari fissi per eseguire il nostro lavoro.»

La soddisfazione, palpabile, era generale in sala.

«Pertanto, ecco la prima delle nostre "non regole", se mi permettete di passare questo termine. Non sarà più necessario lavorare nell'intervallo 9-18 della giornata. Potrete arrivare e andare via nel momento che ritenete più produttivo della giornata. Gli orari non saranno più inflessibili o stabiliti.

Avrete tutta la libertà per creare la vostra giornata di lavoro senza la preoccupazione di dover lavorare otto ore al giorno, che è la mia seconda *non regola*: seguendo la flessibilità di orario, non dovrete preoccuparvi se resterete sei, otto o dieci ore al lavoro. L'importante è realizzarlo. I tempi li deciderete e gestirete voi.

La mia terza *non regola*, riguardo agli orari, è che potrete decidere in autonomia se desiderate lavorare da casa. Faccio un esempio: se un giorno avete una riunione nella scuola dei vostri figli, non dovete chiedere permesso per assentarvi. Potete andare a questa riunione e lavorare in remoto. Lo potrete soltanto comunicare al nostro responsabile», disse, guardando Rilley, che sorrise. «Lui non farà altro che prenderne coscienza. Non dovrai prendere alcuna nota. Ti libererò anche da questo», disse in tono scherzoso il Signor Del Castro rivolgendosi sempre a lui con un sorriso amichevole. «Sarete veramente indipendenti.»

La sorpresa di tutti i dipendenti presenti all'incontro si stava trasformando in soddisfazione e orgoglio di far parte di un gruppo di nicchia così importante come la Sagar.

«Vorrei aggiungere che potete – se lo volete – apprezzare questa nostra riunione odierna, perché la quarta non regola prevede un minimo di riunioni da adesso in poi. Saranno ovviamente organizzate, quando necessarie, ma sempre poche. Le riunioni sono ammesse solo a partire dal momento che vogliamo condividere qualcosa di veramente interessante o importante, altrimenti non hanno più senso nel nuovo concetto lavorativo della Sagar. Saranno sostituite dagli incontri professionali effettuati in piccoli gruppi, ristretti ai propri compagni di dipartimento, per la condivisione e l'aggiornamento del proprio lavoro.

La quinta non regola è che avremo una grande sala, con molto spazio, dove realizzare questi incontri. Non dovrete più stare rigidamente seduti sulle sedie perché lì troverete divani, pouf e tutti i comfort per la vostra chiacchierata, per le sessioni di brainstorming o quant'altro. Il tutto con la presenza diaria di frutta, succhi e biscotti disponibili tutto il giorno, tutti i giorni.

Questa sala sarà creata da un interior designer, che sarà assunto per qualche mese, per far sì che voi abbiate tutto il tempo e la comodità necessari per esplorare al meglio la vostra creatività, che sarà applicata ai nostri libri e devoluta ai nostri lettori. È semplicemente uno scambio: ve li dono in modo che voi possiate offrire più qualità ai nostri lettori. La massima possibile: il nostro focus per ogni nostra azione.

Questa mia – nostra – sesta non regola è una cosa a cui tengo molto, personalmente: orari ancora più flessibili per le mamme e per le donne che allattano, ma di questo parleremo dopo. Ora vorrei parlarvi di animali – ne avete, per caso? Per le risposte affermative, abbiamo pensato anche a loro: se credete di lavorare meglio a un progetto in compagnia del vostro pet, allora potrete portarlo qui. Avremo uno spazio all'aperto dove poter lasciare il vostro cane o gatto. Tutti i giorni, anche; faremo questo esperimento. Se per caso vediamo che il cambiamento è motivo di stress, per voi o per il vostro animaletto, non sarò io a dirvi quello che dovete fare. Avrete la massima autonomia per ogni vostra decisione.

Infine, la nostra settima non regola prevede un abbonamento opzionale in palestra, che potrete utilizzare anche durante il vostro orario di lavoro se riterrete opportuno di farlo.

Sono consapevole che ci sono giorni in cui la creatività viene meno. Perciò, potrete andare in palestra e fare mezz'ora di cyclette, nuotare o fare esercizi mirati nella sala pesi. Tornerete freschi come una rosa.

Ripeto, vi sto offrendo il massimo di comfort perché la mia intenzione è quella di avere un ambiente piacevole, dove potrete esplorare al meglio la vostra creatività. Mi aspetto, in cambio, che possiate sfruttare tutte queste nuove opportunità al meglio e in modo responsabile.

Chi non si adatta a queste nuove misure lavorative ovviamente non appartiene più alla nostra *mission*. Spero possiate capirlo. Mi aspetto di avere persone motivate che lavorano con molta più ambizione e responsabilità.

Queste mie idee avranno rapida implementazione. Posso dire immediata, perché dal momento in cui varcherete quella porta, non dovrete più timbrare il vostro cartellino, e potrete già iniziare a svolgere il vostro lavoro come desiderate.

Mi auguro di avere delle positivissime discussioni da adesso in poi, e libri ancora più belli da pubblicare a partire da oggi.

Tutto sta nelle vostre mani, Ragazzi, con un solo obbiettivo: totale libertà per la massima creatività!»

EVA

Una donna come tante

Lavorava sodo per dare a suo figlio tutto ciò che le era possibile. Non c'era mai a casa. Cercava di compensare la mancanza del padre con regali e quant'altro. Senza accorgersene, però, che anche il suo lavorare troppo diventò un'altra assenza per il piccolo Mattia.

Eva e Anton si erano separati quando Matty era poco più di un bebè. Da allora, questa mamma non si era data più pace: aveva trovato impiego in un bar non molto lontano da casa e faceva orari massacranti. Tutti i giorni.

Partiva di mattina, molte volte quando il bambino stava ancora dormendo, e arrivava quando era già sicuramente nel mondo dei sogni.

Qualche volta riusciva a cambiare orario per portarlo a scuola. Ma questa era l'eccezione, non la regola: il compito era della nonna, sua mamma, e poi lo riprendeva Viola, la baby-sitter. Nel pomeriggio il compito era diviso, alternato tra loro due.

Al lavoro Eva stava per la maggior parte del tempo in cucina, preparando torte e stuzzichini.

Come faceva tutti i giorni, aveva appena infornato un'altra *quiche lorraine*: una delle torte che le veniva meglio e una tra quelle preferite per le apericene. Capitava spesso di doverne preparare più di una al giorno. Chiuse lo sportello del forno e si passò il dorso della mano sulla testa.

Era stanca, ma l'aperitivo del bar-ristorante "Sapori d'Incontri" era uno degli apericena più in voga dei bar del momento. Doveva dare del suo meglio comunque.

Non aveva dormito perché Mattia aveva pianto molto durante la notte per un dolore all'orecchio. Lei non sapeva più cosa fare: sembrava che l'antidolorifico non facesse effetto e il piccolo si era calmato solo parecchie ore dopo.

Forse era solo per la stanchezza, ma la giornata era stata lunga e difficile, e il suo umore non era da meno. Vedeva solo problemi nella sua vita in quel momento. Si sentì più sola che mai.

Il suo cellulare vibrò nella tasca dei pantaloni. Di solito non accettava chiamate mentre lavorava, ma era ancora preoccupata e il suo cuore le chiese di farlo.

Afferrò il telefono al primo suono. Quando lesse il nome sullo schermo, fu contenta di averlo ascoltato.

«Mamma? Che è successo?», chiese con una punta di desolazione.

«Oh, figlia, meno male che hai risposto. È Mattia. Ha la febbre molto alta. Meglio che tu venga a casa per portarlo in ospedale…»

«Pensi che sia l'orecchio? Non ha dormito stanotte…»

«Credo di sì, perché non posso neanche sfiorargli il lato destro della testa sulla tempia. Non me lo lascia toccare.»

«Allora, sicuro. Tu per favore cambialo, se ha bisogno. Io intanto cerco di allontanarmi per un attimo, anche se è un gran casino qui…»

«Lui scotta, Eva. Posso portarlo io in ospedale, se vuoi, ma dovresti farlo tu, che sei la madre. Penso sia giusto, per parlare con i dottori.»

«Sì, sì, certo, non sto dicendo questo. È che oggi è una giornataccia… meno male che ho già preparato tutto. Assentarmi non sarà facile, ma non sarà neanche la fine del mondo. Dai… fra poco sono lì. Lascialo pronto che arrivo e lo prendo, ok?»

«Io ci sono, lo sai. Ma dovresti smettere di lavorare così tanto.»

«Ci sto già pensando, mamma. Ci sto già pensando; fammi fare queste due cose e sono da te. Grazie, mà! Non so cosa ne sarebbe di me e di Matty senza di te…»

«Dai, su. Sbrigati…»

ENRICO ED ELENIA

Una strana coppia

Abbandonare la propria casa, nel bel mezzo della notte, fu certamente una decisione impensata. Enrico era fatto così. Il suo carattere istintivo lo spingeva a pentirsi molte volte dei suoi atti o comportamenti avventati.

Non che fosse un incosciente, anzi. Tutt'altro. Solo non pensava alle conseguenze e si complicava ancor più la vita. Come successe quella notte a casa di Elenia, che non riuscì a impedirgli di andarsene.

Dopo quell'ennesimo gesto irriflessivo, i suoi pensieri andarono in due direzioni diverse: la prima era trovare una sistemazione migliore, forse a casa di un amico, almeno temporaneamente.

La seconda, a pari merito di importanza, era come tornare dalla moglie facendola sentire colpevole di quello che era successo. Non era solo uno specialista in ciò. Era la tattica che usava per farla stare ai suoi comandi, che funzionava sempre. Motivo, però, anche di grosse litigate.

In effetti, viveva risolvendo problemi, sia quelli che normalmente succedono nella vita di tutti, sia quelli che doveva "correggere" a causa delle proprie azioni avventate. Un po' come Elenia, tra l'altro. Su questo si assomigliavano tanto.

L'amore non basta in alcune relazioni, e anche se Elenia era parte importante della sua vita, non era la ragione per cui rimanevano insieme. Ciò che li legava non era non era il sentimento che unisce due persone, ma piuttosto l'avidità per il denaro che entrambi nutrivano fortemente. Lei era disposta a tutto pur di averlo. Sopportava persino qualche affronto e scontro fisico, come una spinta o dei ceffoni, quando non riusciva a consegnare al marito la somma mensile pattuita per contratto o quando a lui sfuggiva la pazienza, cosa che accadeva spesso. Proprio come era successo durante l'ultima grossa litigata.

Per Elenia, invece, questo era il prezzo da pagare per il suo sogno: avere un negozio redditizio.

Cosciente di ciò, la manteneva in qualche modo soggiogata, perché aveva creato un negozio che era finito per diventare lucrativo. Anche se questo, per lei, significava aver bisogno pure degli imbrogli del signor Giusti per farlo funzionare "bene", oltre che del duro lavoro altrui continuo, come del resto accade in qualsiasi azienda che produce lucri importanti.

Contribuiva anche la complicità di Mafalda nella gestione, che altro non era che una vera truffa. In poche parole, lei si occupava dell'alterazione degli algoritmi nella subrette per la vendita dei libri della Solo Lettere.

Tanti fattori insieme che divennero l'unico vero proposito di quella casa editrice: produrre soldi.

Enrico, uomo sfuggente, rendeva la convivenza difficile per chiunque, compresa Elenia. Il loro rapporto non era mai sereno a causa del comportamento dominante del compagno. Quindi, stare con lui non fu mai semplice, anche se all'apparenza tutto sembrava funzionare.

Lei era la sua donna ideale, ambiziosa e amorale il sufficiente per costruire al suo fianco un grande capitale. Lui era autoritario in modo morboso e non certo per gelosia. Controllava tutto, ma sembrava non gli bastasse. Benché l'imprenditrice avesse provato a lasciarlo parecchie volte, non riusciva mai nel suo intento.

Per questo motivo passò a dominarla, usando metodi molto simili alle tecniche di manipolazioni.

Elenia sapeva di aver bisogno di lui nella sua vita imprenditoriale, ma iniziò ad accusare difficoltà nel restare in quel rapporto di convenienza per entrambi.

La sera in cui c'era stata la lite furibonda, e l'ennesima uscita di casa, lui sapeva di averle causato un dolore diverso. Non era soltanto la paura di aver visto del sangue uscire dalla bocca. Lei stava cambiando. E questo, per lui, poteva significare una seria minaccia a tutto ciò che aveva pianificato: doveva rimediare a quella situazione che non gli giovava affatto.

Approfittò di quello sbaglio per pensare a come trarne vantaggio. Era molto abile a trovare il modo di rendere un'occasione, seppur negativa, propizia per il suo tornaconto.

Aveva già qualcosa in mente. Doveva solo aspettare i tempi giusti perché la tempesta fosse a suo favore.

Perfetta. Come sempre.

DOTT. RODRIGO ANTONIELLI

Le frenetiche giornate al lavoro

Un rapido e leggero bussare alla porta e subito questa si aprì.

«Dottore, c'è una mamma con un bambino che ha la febbre molto alta. Arriva dal pronto soccorso. Posso chiamarla?»

«Sì, certo. Falla entrare.» Rodrigo annuì con la testa. «Ma oggi tutti casi urgenti?» Gli uscì di bocca. «Che giornataccia!», mormorò.

«E tenga duro perché non abbiamo ancora finito», rispose l'infermiera a voce quasi alta mentre si allontanava dal medico, dirigendosi nella sala di attesa.

Rodrigo chiuse in fretta la cartella clinica sulla sua scrivania. La mise in un angoletto del tavolo e si alzò per andare nello studio accanto, quello delle visite. Stava valutando la possibilità di dimettere un paziente con un decorso piuttosto grave.

Non era uno dei suoi pazienti. Era ricoverato in medicina generale, ma i suoi alti e bassi richiedevano un secondo parere medico.

«Buona sera», disse alla donna che prese posto con suo figlio in grembo. Non poté non notare il modo con cui quella giovane donna gli sorrise, con due labbra ben fatte, sempre pronte al sorriso.

Non era come tutte le altre, che gli guardavano con desiderio. Nonostante l'aria stanca e preoccupata, si vedeva che era una mamma premurosa e una donna attraente e simpatica allo stesso tempo. C'era qualcosa di molto dolce, femminile e gentile in lei.

«Buona sera, dottore. Sono molto preoccupata. Mio figlio ha la febbre molto alta, quasi a 40…» Lo sguardo di quella mamma era un misto tra angoscia, paura e sgomento.

«Pensa che potrà visitarlo, cioè, gli basterà una visita, o dovrà essere ricoverato immediatamente?»

«Adesso vediamo.»

«Certamente. Mi deve scusare. Sono molto preoccupata», ripeté.

«Lo controllo subito; stia tranquilla. Capisco perfettamente.»

Rodrigo si abbassò, guardando il bambino con attenzione. Dirigendosi verso di lui, stese le braccia.

«Fatti prendere, campione…»

Il medico lo sollevò, togliendolo dalla mamma.

Lo appoggiò sul lettino, facendolo sdraiare con estrema delicatezza, e lo fissò dalla testa ai piedi, attento a ogni dettaglio: era quello che i suoi pazienti amavano di più, il modo in cui trasmetteva calore umano.

«Mi dica: che è successo?», domandò alla madre guardandola negli occhi.

I suoi capelli erano talmente neri che sembravano avere qualche riflesso azzurrino, creando un bel contrasto con la sua pelle chiara. Ciò gli fece notare meglio la donna. La rimirò.

La prima cosa che vide fu la sua corporatura sottile. Era snella. Aveva una bella *silhouette*. Indossava un paio di jeans *skinny*, maglietta semplice di cotone e scarpe da ginnastica bianche. Adocchiò le sue gambe, magre, ma toniche e lunghe.

«Mattia non ha dormito stanotte per quanto gli faceva male l'orecchio. Anzi – non *abbiamo* dormito», enfatizzò la parola. «Da qualche tempo a questa parte ne soffre tanto. Mi sembra che abbia iniziato a provare dolore da quando ha cominciato il nuoto… possibile, dottore?»

Quando lei si alzò per avvicinarsi, restandogli di fronte, con Mattia disteso nel lettino in mezzo, Rodrigo constatò quanto fosse alta. Poco meno di lui, già abbastanza alto. Il modo in cui si muoveva era allo stesso tempo materno e sexy.

«Possibilissimo», rispose di scatto, convinto di aver già individuato il problema. «Si chiama l'otite del nuotatore, che altro non è che la classica infezione auricolare che si contrae in piscine sovraffollate dove gli impianti di depurazione non riescono a contrastare la carica batterica. Non gli faccia usare tappi auricolari per le lezioni di nuoto.»

«No, no, dottore, mai usati.»

«Ottimo, perché in generale è controindicato.»

«Quindi mio figlio non dovrà essere ricoverato?»

Rodrigo esaminò prima un orecchio, dopo l'altro, girandogli la testa. Lanciò uno sguardo alla mamma, che l'osservava con le sopracciglia leggermente aggrottate.

Fissò Eva negli occhi e le indirizzò un sorriso sincero per rassicurarla.

«Assolutamente no, signora. Ha un orecchio più infiammato dell'altro. Tutto qui. Ma guardiamo un attimo anche questa gola… solo per precauzione.»

Gli fece aprire la bocca, tenendogli il mento. Mattia era un bambino sveglio, dolce e molto collaborativo.

«Come pensavo. Ha solo l'otite, anche se l'orecchio sinistro è piuttosto infiammato. Quindi, ora gli prescriverò delle gocce per ridurre l'infiammazione, ma per essere tranquilli, facciamo anche un breve ciclo di antibiotici e antidolorifici. Così evitiamo ogni possibile dolore e complicazione.»

«Lei non immagina che sollievo… mi si stava già spezzando il cuore a pensare di doverlo lasciare qui, ricoverato.»

«Non per questo. Stia tranquilla e faccia come ho prescritto. Ora alzati pure, campione, che fra poco tornerai a fare tutto che ti piace di nuovo. Starai benone in un lampo», disse accarezzandogli la testa.

Mentre Eva sistemava la canottierina del figlio dentro i pantaloni, Rodrigo prese una scatola dell'armadio per consegnarla alla mamma.

«Gliene dia una subito. Vedrà che sia la febbre che il dolore diminuiranno in poco tempo, fino a sparire completamente. Eh… Mattia… giusto?», chiese rivolgendosi questa volta al bambino.

«Sì, dottore, Mattia», confermò lei, aprendosi in un sorriso.

«Fai tutto quello che ti dice la mamma e guarirai ancora più in fretta, d'accordo?»

Eva cambiò atteggiamento a quelle parole. Divenne rilassata. Anche il suo viso sembrò più bello, con i capelli scuri che le ondeggiavano sulle spalle a ogni movimento.

«Grazie, *dottore*», lo disse in modo deciso, ma in tono di voce più basso, caldo, risultando molto sensuale. «Lei è stato davvero bravo con mio figlio…»

«Di nulla. Sono qui per questo. È il mio lavoro», rispose Rodrigo stringendo la mano che Eva gli aveva appena dato, soffermandosi ancora sui suoi occhi.

Più che un pensiero che gli balenava in mente, ebbe la certezza che lei fosse una mamma premurosa. Osservò la sua mano e non trovò la fede o l'anello che si aspettava di vedere. Si sorprese, perché una donna così attraente non poteva di certo essere sola. Già immaginava di vedere l'uomo che le stava accanto: sicuramente uno tutto palestrato, con tanto di tartaruga. Poteva permettersi di scegliere chi voleva al suo fianco.

«Non lo vizi, però…»

«Purtroppo questo non riesco a farlo. Lavoro in un ristorante e da un po' collaboro anche per il loro bar "Sapori d'Incontri". Non è molto lontano da questo ospedale, non so se ha presente…»

«So dov'è. Lo conosco.»

«Quindi non ho molto tempo per stare con mio figlio. Comunque, la lascio lavorare, che la sala d'attesa è piena.»

«Ormai questa è la nostra routine, purtroppo. Bisogna fare i miracoli e lavorare tanto tutti i giorni, come per altro mi sembra che faccia pure lei…»

«In effetti… questo è un tasto dolente per me; meglio lasciar perdere. Dai Mattia, saluta il dottore.»

«Antonielli. Rodrigo Antonielli…»

«Salutalo che la mamma deve tornare al lavoro. Grazie ancora, *dottore*», lo ringraziò con uno sguardo profondo.

Rodrigo iniziava a provare una specie di piacere quando udiva quel "*dottore*", perché lo diceva in modo così sensuale, come se si gustasse quella parola.

«Se ha bisogno, per qualsiasi problema o dubbio, torni pure, mi troverà senz'altro qui.»

Non capì il motivo per cui le avesse detto quella frase, quasi nella speranza che lei tornasse. Eppure aveva la sensazione di volerla rivedere.

Si salutarono, tutti e tre, e Rodrigo rimase a osservarla più del dovuto mentre si allontanava tenendo per mano suo figlio di tre anni.

Scrollò la testa, per non pensarci più. Poi tornò dall'infermiera di reparto per chiederle di chiamare il prossimo paziente.

ELENIA GIUSTI

*Una donna forte, ma fragile; quasi
"normale"*

Non si sarebbe mai abituata a restare sola. Sentiva la casa vuota come non mai.

Il suo rapporto con Enrico si era deteriorato, e la sua più grossa paura, in quel momento, era che tutto si fosse irrimediabilmente perso. Non capiva più il sentimento che provava per lui. Non era amore, di certo, ma non riusciva a distinguerlo o classificarlo. Era tutto molto confuso nella sua testa, e nonostante ciò, era pienamente consapevole che il dolore che provava era legato alla sua mancanza.

Malgrado l'apparenza di una donna forte e determinata, la titolare della Solo Lettere era una persona estremamente fragile. Tanto che dipendeva dalla presenza e dalle decisioni del marito in tutto e per tutto.

Si incrociarono quando la vita ancora si stava disegnando per loro. Si erano visti per la prima volta a una cena di amici comuni, e quella che sembrava essere soltanto una piacevole serata per entrambi diventò un rapporto vero quando Enrico scoprì le "doti" di Elenia: una donna viziata sì, ma altrettanto pronta a tutto pur di raggiungere i suoi obbiettivi, proprio come lui.

Dopo aver scoperto i suoi propositi di vita non la mollò più. Sapeva che con il mezzo giusto – il denaro – poteva arrivare dove voleva. E lei l'aveva. Almeno più di lui. In questo modo, lui si sentiva libero di creare le idee e le situazioni. Lei, successivamente, le eseguiva con i suoi soldi. Aveva colto al balzo la possibilità per vivere anche lui la vita che cercava.

All'epoca, Enrico lavorava in un'importante multinazionale del settore ingegneristico. Il luogo ideale per il suo scopo, giacché in poco tempo riuscì a prendere i primi contatti per formare quella che sarebbe stata un'impresa tutta sua, il suo unico obiettivo.

L'entrata di Elenia nella sua vita fece tutta la differenza. Lei era ancora in cerca di quello che voleva fare della vita, aveva la grinta, e più che tutto la "materia-prima". Lui, i contatti giusti. Enrico capì all'istante che si trovava al posto giusto nel momento giusto. Bisogna essere preparati ad accogliere la fortuna quando arriva.

Infatti, egli da sempre aveva desiderato diventare un grande imprenditore, e la sua posizione di consulente nel dipartimento del personale sembrava perfetta: era pagato per interagire con le persone più interessanti del mercato, coloro che un giorno sarebbero stati i suoi veri e propri contatti potenziali. L'opportunità non avrebbe potuto essergli più propizia. La vita finisce per realizzare i desideri più profondi delle persone, in un modo o nell'altro.

Stavano insieme da quattro anni, a dispetto di tutte le volte che si erano lasciati. Nondimeno furono le donne che frequentò stando con Elenia, con la sua consapevolezza e quasi "benedizione".

La fragilità di Elenia aumentava a ogni separazione, portandola sempre più a essere dipendente di quest'uomo che tutto faceva pur di mantenere, da un lato, la sua vita parallela e, dall'altro, la sua vita di coppia senza amore.

Nel culmine della prima grande crisi, che aveva dato inizio al periodo più intenso di sofferenze per lei, successe ciò che nessuna donna avrebbe dovuto provare né affrontare: Enrico la colpì con violenza, facendola cadere di lato sul braccio.

Fu la prima volta che lui alzò le mani e, disgraziatamente, non l'ultima.

La sequenza era più o meno costante, purtroppo. Dipendeva fondamentalmente da un unico fatto: doveva ricevere la somma che insieme avevano stipulato in una specie di contratto per la vendita dei libri pubblicati dalla Solo Lettere. Le liti, per questo motivo, erano sempre molto violente e intimidatorie.

Secondo Enrico, la casa editrice aveva avuto successo anche grazie ai suoi contatti molto riservati, e sempre secondo lui, il suo contributo per questo grande affare doveva essere riconosciuto attraverso una generosa quota mensile.

Poiché non sempre Elenia riusciva a consegnare l'importo da lui stesso stabilito, l'imprenditrice aveva portato nella "agenzia" la donna che, in un modo o nell'altro, trovava sempre la maniera per generare l'importo mensile necessario per evitare la violenza del marito.

Mafalda si occupava di generare i profitti mancanti, che con il passare del tempo diventarono extra. Anche lei contribuiva ai profitti con metodi peculiari, senza che ciò significasse la pubblicazione o la vendita di un solo libro.

Questa divenne la funzione principale del business che aveva creato. Per lei era solo un modo per guadagnare di più, come tutti gli altri.

Aveva pochi amici. Anzi, pochissimi, quasi tutti legati ai suoi interessi. L'amicizia, quella vera, non esisteva nella sua vita. Non era un suo punto di forza la capacità nel farsi degli amici, che era direttamente proporzionale al suo innato talento nell'allontanarli.

Volontariamente o meno, Elenia finiva sempre per ferire le persone che le stavano accanto. I motivi erano chiari: lei non si era mai veramente interessata a nessuno, chiunque fosse. Sia perché il lavoro occupava gran parte della sua vita, sia perché quando cercava qualcuno era solo e soltanto perché aveva un obiettivo in mente.

Un'approfittatrice, una donna che manipolava gli altri, senza scrupoli e senza cuore. Eppure molte persone la circondavano. Anche perché lei continuava a cercarle in continuazione. Non riusciva a stare da sola nemmeno per un'ora, il che non è un eufemismo.

Aveva bisogno di qualcuno al suo fianco con cui parlare, monologare o risolvere i suoi problemi a proprio piacimento.

Ancora incapace di vivere senza qualcuno con cui parlare a qualsiasi ora del giorno o della notte, Elenia iniziò a confidarsi con una delle dipendenti.

Questa ragazza docile, ma allo stesso tempo determinata, era stata assunta per aiutare il personale della grafica, e in brevissimo tempo quella "amicizia" crebbe molto: Elenia si rese conto di quanto questa giovane potesse esserle utile.

NICOLE

Una dipendente speciale

L'amica prescelta, questa volta, era una ragazza timida ma abbastanza sveglia da cogliere al volo le opportunità che la vita le presentava. Caratteristica che Elenia comprese in un batter d'occhio dal suo modo di comportarsi e agire, che subito la distinse dalle altre.

Certe volte rivedeva sé stessa in Nicole, se non fosse per quei modi, gesti e sguardi da gatta morta che faceva quando le conveniva. Era quello che odiava di più in lei. Diventava troppo lenta col lavoro.

La ragazza, in realtà, non conosceva praticamente nulla del suo nuovo impiego, ma aveva bisogno di avere una fonte di redditi sufficiente per pagare le bollette. Non poteva darsi al lusso di scegliere, e in effetti firmò il primo contratto che le era stato offerto.

Rimase molto delusa di sapere che avrebbe lavorato nel reparto grafico. Era l'occupazione più noiosa e complicata che le potesse capitare. Il giorno dell'assunzione andò subito a casa per scaricare e studiare il programma del quale non aveva mai sentito parlare e con cui avrebbe dovuto lavorare quotidianamente.

Non ebbe nemmeno una buona prima impressione della proprietaria della casa editrice. Congetturò che non sarebbe stato facile averla attorno per otto ore al giorno.

«Avere a che fare con questa donna sarà ancora più difficile che imparare tutto questo programma. Vuoi scommettere?»

A Nicole, Elenia non piaceva affatto. Da subito le diede l'impressione di essere una donna troppo arrogante. Le prime impressioni possono essere ingannevoli, ma non fu questo il caso, per lei.

Allo stesso tempo, però, c'era qualcosa in quella donna, e nel modo in cui immaginava che vivesse, che la attraevano. Quindi, era necessario sopportarla. I "dettagli", che non avesse nulla in comune con l'imprenditrice, o che il lavoro non le piacesse proprio, dovevano passare in secondo piano.

Tuttavia, quando Elenia cominciò a cercarla con un obbiettivo ben preciso, silenzioso, ma ancora molto vivo nella sua mente, facendola sentire sempre più importante, Nicole pensò che *forse* aveva trovato il lavoro che cercava.

MARIA JACQUELINE

E i suoi Ragazzi

Leggere i manoscritti di Gustavo Leite non era un lavoro per Jacqueline. Era un vero piacere per lei vedere come un ragazzo di soltanto quindici anni si districasse così bene tra le righe di storie ben costruite, interessanti e ricche di un buon vocabolario.

Oltre a essere un ragazzo a cui piaceva molto leggere – si notava anche dal modo in cui scriveva – Gustavo era un tipo molto socievole.

"Tanto carino", era il suo primo pensiero quando parlava di lui. E non era solo un modo di dire. Quel ragazzone si stava facendo ogni giorno più piacevole e grazioso, nei modi e nell'aspetto.

Alto, snello, con un fisico asciutto quasi da far invidia, era proprio un bel ragazzo. I capelli folti gli contornavo il viso in modo armonico. Non gli mancava niente, e il fatto di essere sempre circondato da tante belle ragazze non era un puro caso.

Gustavo le piaceva in modo particolare. Tra tutti gli adolescenti che contribuivano con i propri inediti, lui era quello che offriva storie più interessanti.

Aveva provato anche a non leggere il nome dell'autore, ma "lo stile Gustavo" era riconoscibile nel testo anche senza sapere chi lo avesse scritto. Era inconfondibile. Creativo, diretto e incisivo. E anche divertente, che con la leggerezza della sua tenera età, non guastava mai.

Era veramente difficile scegliere uno tra i suoi tanti racconti. Se fosse stato per lei, avrebbe fatto una collana solo con le sue storie, ma quel progetto non era in programma.

Per ora Gustavo si dilettava scrivendo. Jacqueline sapeva che lui avrebbe potuto avere un futuro importante come scrittore davanti a sé. Per questo motivo lo incoraggiava a continuare per quella strada. Parlavano spesso.

Da qualche tempo, le capitava anche di parlare di frequente con un'altra persona: Rilley, un ragazzo intelligente e sensibile. Si capiva solo a guardarlo, anche se alcune delle sue caratteristiche non l'ammaliavano.

Un vero e proprio personaggio all'interno della Sagar, per Jacqueline. Biondissimo, con aria da ragazzino, magro al punto giusto e con un fisico quasi perfetto, Rilley emanava una presenza magnetica con un tocco di malinconia. Era intrigante anche per quello. Attirava l'attenzione di tutti intorno a sé con quel visino androgino dai lineamenti delicati e ben definiti. Gli occhi verdi, chiari, un po' melancolici, quasi trasparenti, sembravano portare con sé il peso di esperienze passate.

Jacqueline aveva dedotto, di primo acchito, che la sua personalità fosse complessa perché lasciava nell'aria la sensazione che ci fosse molto di più da scoprire su di lui, rispetto a ciò che appariva a prima vista. E lei, empatica come era sempre stata, cedeva a quest'idea ogni volta che lo vedeva.

Lui aveva cominciato ad andare nel suo ufficio per qualsiasi cosa, anche quando non c'era una ragione vera e propria.

Jackie non poteva farci nulla perché lui arrivava sempre per parlare di lavoro, anche se fatalmente finivano per conversare di tutt'altro.

La mattina dopo la riunione con il Signor Del Castro, lui finalmente aveva una vera ragione per parlarle. E non la sprecò.

«Disturbo?», chiese con tono di voce modulato ad arte.

«Oi, eh... no, entra pure...», rispose Jacqueline sorridendo.

«Non mi sembri tanto convinta. Se mi dici così credo proprio di non essere arrivato in un bel momento per te», la canzonò.

«No… ero concentrata. Stavo leggendo i testi di Gustavo. Quel ragazzo è proprio bravo, sai?!»

«In effetti… ho letto qualcosa; alcuni dei suoi testi, pubblicati nel primo volume del "Per il piacere di leggere". Anche a me sono piaciuti assai. Un ragazzo che scrive così a quindici anni, non posso pensare come scriverà fra qualche anno, quando sarà adulto.»

«Hai ragione. Ha un grande talento e sarebbe un peccato se smettesse di scrivere. Io lo incoraggio molto; non vorrei che perdesse l'interesse. Non so se farà della scrittura il suo mestiere nella vita, ma sono quasi sicura che non potrà fare a meno di scrivere. Io glielo auguro, almeno.»

«Fai benissimo. Nell'editoria chi ha la percezione chiara di una situazione è già molti passi davanti ai *competitors*. E quello che percepisco è che hai un fiuto particolare per gli affari.»

«Per gli affari non lo so, ma per i libri… si capisce subito quando un testo è buono o quando l'autore o autrice ha del potenziale.»

«Non tutti hanno questa tua esperienza – nemmeno intuizione, carissima… ha fatto proprio bene il Sig. Del Castro a portarti qui. Lui tiene in grande considerazione il tuo lavoro.»

«Spero davvero che sia così…»

«Te lo dico io; fidati. L'ha detto anche a me.»

Jacqueline accennò un'aria soddisfatta.

«Grazie! Comunque, che mi dici?»

«Volevo sapere che ne pensi dei nuovi cambiamenti.»

«Purtroppo la libertà non è per tutti», sentenziò. «Ci saranno delle persone che se ne approfitteranno, semplicemente perché non sono ancora del tutto responsabili. Ma allo stesso tempo è così che impareranno. Devono capire che non stanno solo gestendo il proprio tempo libero. Stanno gestendo la propria vita.»

«Tu sei molto saggia, Bellezza.»

Rilley prese un segnalibro dalla sua scrivania e cominciò a giocarci, ruotandolo con le dita.

Alternava un'espressione vuota, mentre giocava con il cartoncino colorato, a uno sguardo di interesse sincero e innocente quando guardava Jacqueline.

«Io penso la stessa cosa ma, per quel che vale, le persone che ne avranno più beneficio saranno, a mio avviso, proprio quelle che fanno della propria creatività lo strumento principale del lavoro. L'inventiva aumenta quando il soggetto è libero per farlo. Il Signor Del Castro sta investendo molto sulla potenzialità dei dipendenti per far venir fuori ancora più della creatività, la genialità. Io sono fiero di far parte di questo gruppo esclusivo. Non è per tutti, in tutti i sensi», specificò il ragazzo.

«Anch'io. Magari il mio desiderio sarà un po' utopico, ma spero proprio che un giorno si arrivi a lavorare così dappertutto», confessò.

«Cara mia, se mi permetti un'osservazione, credo che la società non sia ancora pronta per avere tale livello di libertà», l'avvertì. «Può darsi un giorno, ma non immagino fra quanto. Forse presto; forse mai. Una tale libertà rimarrà per molto tempo disponibile soltanto per un ristretto gruppo. Di élite, probabilmente», concluse lapidario.

«Sono più ottimista di te e insisto: anche se ovviamente non vedremo i cambiamenti con la portata che vorresti nella nostra generazione, spero che questo modo di lavorare sia uguale per tutti, un giorno. O quasi...»

«Uhmm, ho i miei dubbi», sbatté le palpebre. «Chissà... io per ora spero solo di poter continuare a beccare gli stessi orari tuoi. Così continuerò a vederti qui alla Sagar...»

«Non credo che cambierò di molto i miei orari di lavoro», rispose Jacqueline fingendo di non aver capito. «Anzi, se ti devo dire la verità, penso proprio che arriverò anche un po' prima. Poter lavorare senza che nessuno mi disturbi è molto produttivo per me.»

«Ahhh… alla fine ti sei tradita nelle parole – hai visto come ti sto disturbando?»

«Ma no! Sei tu che non hai capito ciò che ho detto…»

«Invece sì, mia cara. Forse *tu* non hai capito quello che *io* ti ho detto… comunque, lasciamo stare. Ti lascio lavorare. Sono venuto solo a salutarti; ho da fare anch'io. Devo valutare dei curriculum che mi sono arrivati per il posto di *interior design* che la Sagar sta cercando. Voglio iniziare a fare delle interviste. Ho carta bianca per assumere chi mi sembra più idoneo. Il Signor Del Castro mi ha chiesto di farlo quanto prima, per dare subito inizio alla creazione dello spazio a cui lui tiene tanto…»

NICOLE E ELENIA GIUSTI

Un'accoppiata

L'amica di turno, quella volta, era proprio lei.

«*Nicóu*, oggi pranziamo insieme», le disse Elenia inaspettatamente, con il tono evidente di chi non accetta l'insubordinazione. «Voglio parlare con te.»

«Qualcosa di urgente?», si informò con tatto.

Quel *Nicóu*, proferito con la voce quasi rauca di Elenia, la infastidiva profondamente. Per un attimo quasi si irritò. Ma bisognava accettare e sopportare anche quello pur di appartenere alla società che conta.

Dal canto suo, la proprietaria amava pronunciare quel nome, che le faceva venire in mente le arie raffinate della Francia. Lo enfatizzava e lo ripeteva ogni volta che poteva, semplicemente per sentire quel suono che le dava emozioni quando lo proferiva. Si sentiva una persona molto *chic*.

«No, *Nicóu*», provò a minimizzare la sua curiosità. «Voglio solo parlarti di una cosa e non posso certo farlo qui in agenzia. Vieni nel mio ufficio all'una, così usciamo insieme. Va bene, *Nicóu*?» E sfoderò il sorriso falso, che aveva sempre pronto quando voleva impressionare qualcuno.

"Nicole! Non ho cambiato nome" – è quello che avrebbe voluto chiarire. Ma ora che aveva appena ricevuto l'invito per pranzare con la direttrice, non voleva assolutamente dare l'idea di essere una persona scortese. Tanto meno grossolana o maleducata, che non erano caratteristiche apprezzabili per la posizione a cui mirava.

* * *

Le sembrò che la mattinata ci mettesse più del solito a finire.

Non lavorò nemmeno bene, perché non riusciva a smettere di pensare a quell'invito a pranzo con la titolare, arrivato prestissimo. Praticamente quando lei era appena giunta a lavoro. Forse l'appuntamento sarebbe stato cancellato nel corso della mattinata, perché chi poteva pensare al pranzo già alle nove del mattino?

Elenia.

Lei era una di quelle persone che riesce a essere raggiante anche alle sei di mattina. Pochi fastidi al mondo superano questa seccatura.

Quindi, pensare al pranzo, quando era ancora presto anche per la colazione, era semplicemente un dettaglio che non mancava quando Elenia pianificava qualcosa. Tutti gli inviti che le passavano per la mente, di giorno, filtrati per importanza, erano scagliati la mattina successiva come freccette sul tabellone dei dardi.

Per lei, i pasti erano occasioni ideali per parlare di progetti, problemi e ambizioni. Mentre mangiava, tra una battuta di gusto discutibile e l'altra, finiva sempre per trovare e trattare il prezzo delle intenzioni, richieste o desideri, suoi, o del suo interlocutore. Più importante era l'argomento della trattativa, più elegante e sofisticato era la scelta del locale e, ovviamente, il menu. Trovava sempre il modo per soggiogare le persone in maniera subdola.

Pienamente cosciente di ciò che voleva ottenere proprio da lei durante quel pasto, l'occasione era troppo ghiotta per essere trascurata dalla perfida Elenia Giusti. Per cui si stava spendendo veramente tanto.

«Le persone sono naturalmente più rilassate, e conseguentemente più aperte mentre mangiano», diceva. «Possono diventare anche più suscettibili per scendere a compromessi» – la sua vera intenzione. Con Nicole non era diverso. Elenia era ben consapevole di dove volesse arrivare: la persona che sarebbe stata l'unica artefice del suo piano.

* * *

Nicole non era il tipo di donna che si può dire attraente ma, con il vitino molto fine, non passava inosservata a causa del suo corpo a clessidra.

Non era nemmeno bella. I capelli scuri incorniciavano un viso con dei tratti assolutamente comuni. I suoi quattro denti incisivi erano più avanzati degli altri, facendo sì che nel suo sorriso trasparisse qualcosa di sciocco in lei, una caratteristica che non le si addiceva affatto.

Spesso suscitava sospetto o diffidenza, visto che non era difficile intuire che nascondesse qualcosa di più oscuro dietro quell'apparenza docile e innocente. La sua postura, eretta, con il mento lievemente sollevato, non per arroganza, ma per ostentazione, le conferiva quell'aria di persona non affidabile.

L'innocenza simulata nelle espressioni del volto, con una dolcezza a tratti eccessiva, nascondeva le sue vere intenzioni. Il suo comportamento pareva affettuoso e sottomesso, ma era una donna astuta, intenzionata a ottenere ciò che voleva anche attraverso l'inganno o la manipolazione. Il tipico atteggiamento da gatta morta, insomma. Erano proprio questi suoi modi a fare irritare profondamente la sua titolare.

"Ma riesce a lavorare sodo con questo atteggiamento?", si chiedeva.

In effetti, i suoi movimenti erano camaleontici, quasi al rallentatore. Non capiva perché si muovesse in quel modo così lento, anche quando camminava: non era neanche alta, poco più di 1.60 m. Era proprio lenta di suo. Anche se i suoi modi, lontani da essere chiamati felini, fra poco le sarebbero potuti tornare utili. Doveva sopportarla anche lei, pur di avere quel tornaconto che non se ne andava dalla sua mente.

Quindi, era una ragazza da preservare e conquistare a tutti i costi, portandola all'interno del suo cerchio più intimo, così come successe, all'epoca, per Jacqueline. Anche se per ragioni diametralmente opposte, viste le chiare differenti capacità delle due.

«Sono qui perché lei mi ha detto di venire nel suo ufficio all'una. Sono puntuale», affermò con semplicità.

Elenia pensava a tutt'altro che al pranzo con Nicole, in quel momento, e avvertì un fremito di nervosismo quando quella frase le arrivò all'improvviso alle orecchie. Ripensandoci, però, apprezzò che la sua dipendente, nonché amica di turno, si fosse messa di impegno.

L'editrice prese il cellulare, digitò alcune parole e chinò il busto, inclinandosi nella sua sedia in diagonale per rimettersi le scarpe.

Fissò per un istante la ragazza, immobile sulla porta. Prese la sua borsa con un'espressione talmente imbronciata da spaventare Nicole. Non faceva presagire nulla di buono.

«Vieni con me», disse nel suo solito tono di comando.

NICOLE E ELENIA GIUSTI

L'accoppiata

arlare al telefono quasi acca 24, non solo perché soffriva di insonnia, ma principalmente per essere in compagnia di qualcuno, era ancora il suo vizio. Nessuno era mai riuscito a cambiarlo o a eliminarlo del tutto.

Forse perché non trovava una persona la cui presenza fosse più importante e interessante. Forse perché non le importava veramente di nessuno. Fatto sta che Elenia continuava a parlare indisturbatamente al telefono con chiunque le stesse accanto.

La donna pigiò il pulsantino del telecomando per aprire lo sportello della sua macchina, con il cellulare ben saldo all'orecchio. Nicole le stava accanto, imbronciata anche lei.

Aveva adottato una posizione timida in attesa che Elenia finisse di parlare con chissà chi, guardando la sua espressione stampata sul viso mentre monologava frasi che sembravano non avere un senso compiuto.

Quando le indicò di salire in auto e di sedersi al suo fianco, la ragazza fu colta da una condizione di totale imbarazzo. Era completamente a disagio, a tal punto da pentirsi di essersi sentita attirata da Elenia e dal suo stile di vita. La situazione era alquanto inconsueta. Ancora non sapeva, però, che non si sarebbe potuta liberare nemmeno se lo avesse voluto, perché la sua responsabile l'aveva adocchiata e già ingaggiata nel suo piano scellerato.

«Non puoi capire, guarda. Non so quello che farò o come mi comporterò quando lo vedrò entrare in agenzia», sospirò rancorosa.

Questa fu l'unica frase che Nicole comprese di tutto il discorso, e quella che infine le fece capire che la sua titolare aveva un problema con qualcuno.

S'immaginò che potesse riferirsi a un dipendente ingrato o maleducato. Mai e poi mai le sarebbe passato per la mente che stesse parlando del proprio marito.

Nicole non poté fare a meno di ascoltare la conversazione, e l'argomento all'improvviso diventò interessante. Non era soltanto un dettaglio della vita privata di Elenia che non conosceva. Era più che altro un motivo per potersi avvicinare a lei e darle l'impressione di essere in grado di essere la sua confidente. Voleva poter fare la parte dell'amica di Elenia, come se questo fosse stato semplice o possibile a qualcuno.

«Per me è irredimibile, lo sai di cosa sto parlando. Ma allo stesso tempo so che non posso fare a meno di lui.»

Per un attimo Nicole rimase quasi stupita. Il problema sembrava piuttosto serio. Il suo disagio sparì come per magia.

In realtà, si era fatta un'idea molto diversa rispetto a ciò che quelle poche frasi le stavano rivelando: non le pareva vero che la persona che aveva la sua vita lavorativa in mano avesse a che fare con un rapporto di coppia. Piuttosto burrascoso, da quel che sembrava.

Elenia era la contraddizione fatta persona, e lontana anni luce dall'essere femminile, sembrava anche innamorata. La ragazza tutto poteva immaginare tranne che questo. Non si spiegava nemmeno lei il perché, ma era convinta che la proprietaria della Solo Lettere fosse una donna sola. Sicuramente un pensiero ingenuo, ma a giudicare dai suoi modi a dir poco prepotenti, come darle torto?

"Non giudicare mai un libro dalla sua copertina" fu il proverbio che le arrivò subito in mente.

Si stupì di quel suo stesso pensiero, giacché nemmeno lei si era mai interessata a leggere. Ma dato che non vedeva altro che libri tutto il giorno, provò un certo orgoglio di sé stessa. Quando l'ambiente circostante domina anche i pensieri delle persone…

Dedusse di non essere l'unica ad avere problemi d'amore, da quanto traspariva dalla conversazione di Elenia. I ragionamenti di Nicole, che giravano in vortice alla ricerca di una spiegazione, sparivano appena capiva che la sua responsabile stava per proferire parola: bisognava silenziare i pensieri per ascoltarla.

«Non posso farlo. Lo sai anche questo. Se potessi, non solo lo denuncerei, ma lo metterei direttamente in galera. Ergastolo, se lo merita quella canaglia. Così il tornaconto verrebbe doppio: oltre a non vederlo mai più, mi terrei la sua parte dell'agenzia, che finalmente sarebbe mia una volta per tutte senza più dovergli restituire nulla. Ma sai che alla fine mi stai dando una buona idea, Mafalda?»

La voce di Elenia era tanto pungente quanto appariva la situazione in questione.

"Il cielo me ne scampi, che la sua mente è molto più perversa di quello che pensavo", pensò Nicole. Rimase attonita, pensando a chissà quali compromessi l'imprenditrice aveva dovuto accettare pur di avere la sua casa editrice.

«Sì ma non posso impedirglielo. Mi preme ricordarti che in fin dei conti la baracca è anche la sua. Oppure te ne sei già dimenticata?»

Già. Dimenticata.

Proprio così si sentiva Nicole in mezzo a quella chiacchierata. Non vedeva l'ora di arrivare, ovunque fosse diretta con Elenia, che la stava spaventando molto di più della sua guida spregiudicata, senza freni, e a velocità molto più elevata di quella consentita dal comune buon senso. Quello che diceva sembrava altrettanto pericoloso.

"NICÓU"

Più di una semplice dipendente

«Siediti qui», esordì Elenia appena giunsero al primo tavolo vuoto di un ristorante parecchio affollato, non molto lontano dalla casa editrice.

Nicole vagò rapidamente con lo sguardo per tutto il locale.

«È carino», si affrettò nel dirlo. Sperava che la sua responsabile le dedicasse un po' di attenzione, ora che stavano per pranzare insieme.

«Si mangia per quel che si paga. Non ti aspettare chissà che cosa», l'avvertì Elenia, già seccata dall'acciottolio di posate mischiata al chiacchiericcio delle persone. «Per me, dall'apparenza sembra più una mensa», aggiunse con fare di superiorità. Si divertiva a denigrare ciò che agli altri piacevano. In fondo, sapeva anche lei che quel posto, in realtà, non era affatto male.

"Probabilmente sarà abituata a un certo livello e questo le sembra troppo dozzinale," pensò Nicole, che si limitò ad ascoltare il suo giudizio. Non era il caso di mettersi a questionare l'opinione della sua datrice di lavoro, per lo più adesso che aveva la sua attenzione.

Il ristorante poteva non essere come quello di uno chef stellato, ma a Nicole il posto non sembrava tanto male come le era appena stato descritto.

La realtà era che Elenia semplicemente giocava nell'esprimere un parere quando doveva dire la sua. Trovava sempre parole malevoli e ostili per sminuire chiunque e qualunque cosa, quando voleva farlo. Se avesse fatto un elogio era solo perché si aspettava qualcosa in cambio, o perché in qualche modo le conveniva.

«Bene», disse l'imprenditrice, prendendo un sacchetto di grissini sul tavolo. Lo aprì con i denti e continuò: «Non avremo molto tempo per parlare, visto che alle due dovremo già essere all'agenzia. Intanto iniziamo… e scusami se ti ho trascurata nel tragitto. Era una chiamata importante, come avrai avuto modo di capire.»

Elenia l'aveva incalzata con un'aria a tratti premurosa. Non sembrava più la stessa persona di cinque minuti prima.

«Sai… sto passando una brutta crisi nel mio matrimonio. Mio marito se n'è andato di casa.»

Per un istante Elenia sembrò sincera, ma Nicole preferì rispondere con fare distaccato per non rischiare di dire qualcosa che l'impresaria non volesse ascoltare.

«Deve essere una crisi temporanea», azzardò, senza aver trovato una frase migliore per il commento che si sentiva in obbligo di fare. Notò il modo sprezzante con cui l'impresaria guardò il cameriere che posava i piatti sul tavolo.

«Non questa volta. Non sai quello che dici», tagliò corto Elenia. «Stiamo o stavamo, non lo so ancora, insieme da quattro anni», commentò come a dimostrarsi amica per cercare di conquistare la fiducia della dipendente. Questa tecnica non cambiava mai. Sapeva essere molto convincente quando voleva.

«Non sono pochi…»

«Ma neanche tanti», sentenziò duramente.

«Alla fine, una relazione è definita più che altro dagli anni trascorsi insieme. Non si pensa mai a come stavano due persone insieme, o se erano felici in quel rapporto, ma alla durata della loro storia, non credi?»

Nicole inclinò la testa e la guardò con sguardo penetrante. Voleva sembrare una persona sensata agli occhi della responsabile.

Elenia non fece nulla per nascondere il distacco.

«Vorrei raccontarti tante cose, ma non lo faccio perché non voglio annoiarti né rovinarti il pranzo. Che ne pensi del programma con il quale lavori?»

Nicole non si aspettava quel cambiamento di discorso così a bruciapelo.

«Come?» Sbatté le palpebre confusa e il boccone di carne quasi le andò per traverso.

Era ancora immersa nel *mood* "la mia titolare ha un problema e io devo essere carina con lei", e le ci volle un attimo di più per parlare del lavoro che non le piaceva.

Non poteva certo dirle la verità – che non aveva mai pensato in vita sua di voler fare la grafica e che l'aveva accettato solo perché cercava un lavoro a tutti i costi. Nemmeno che il programma con il quale era obbligata a lavorare non fosse sicuramente il migliore.

«Io? Penso che sia un buon programma, talvolta un po' limitante ma che…»

«Mi fa piacere. Io invece penso che potresti essermi molto utile, Nicóu», affermò senza lasciarla finire ciò che intendeva dire.

Peraltro, a Elenia non era mai importato quello che le persone avevano da dire. Anche perché, per ascoltare, è necessario avere un minimo di empatia, cosa che lei non possedeva affatto.

«Avrei una proposta da farti a cui non potrai dire di no, se sei ambiziosa come penso che tu sia.»

Come la titolare avesse capito che Nicole fosse una persona ambiziosa lei stessa non lo capiva. Ma il termine "ambizione" ha sempre il suo fascino in un contesto professionale, e Elenia sapeva come essere persuasiva per ottenere i suoi obbiettivi.

Tant'è vero che Nicole si riassestò contro la sedia, alzando la schiena e una delle sopracciglia in arco, prima di dire qualcosa. Il linguaggio del corpo non mente: la sua autostima era stata toccata. E aumentata, proprio come voleva l'astuta impresaria.

«Chi? Io? Beh, certo. Sono molto ambiziosa», rispose la nuova assunta, senza credere tanto a ciò che era appena uscito dalla sua bocca.

Non le mancava l'ambizione. Non certamente nell'ambito lavorativo, forse un po' in quello personale. Nonostante tutto, era una ragazza molto insicura. Quindi, nel suo caso, il termine più appropriato per la sua descrizione era opportunista. Trovare un modo di vivere la vita, senza dover fare tanti sforzi, era ciò che veramente voleva.

Chissà se era quella la volta buona: lei cercava e Elenia offriva. Quello che significa stare nel posto giusto al momento giusto.

«Sono contenta che l'abbia capito», disse, infine, scegliendo le parole con molta cura. Doveva sembrare un'ambiziosa credibile.

«Lo sapevo.» Elenia alzò gli occhi. La sua risatina sotto i baffi era ambigua. Sebbene sembrasse che le stava soltanto dando conferma, in segno di soddisfazione, in realtà stava già assaporando l'inizio della battaglia personale che aveva appena intrapreso nei confronti di Maria Jacqueline.

«Sapevo di poter contare su di te. Quello che ti sto per proporre avrei potuto farlo solo a una persona di molta fiducia. A un'amica vera, come tu sei per me.» Anche Elenia doveva sembrare credibile.

Non poteva esserci un no come risposta e si impegnò più del solito, anche perché non vedeva un'altra alternativa davanti a sé.

Dal canto suo, la sua flemma di ragazza composta era in piena agitazione. Nicole non si aspettava tanta fiducia da parte di qualcuno, tanto meno dalla propria titolare.

«Bene.»

L'ansia di Nicole era talmente forte che se Elenia non si fosse decisa a rivelare il vero motivo di quel pranzo, lei avrebbe perso quel suo *natural aplomb* di ragazza composta di lì a qualche istante.

Un'ondata di ottimismo le arrivò all'improvviso, nel percepire che poteva avere la vita che ambiva davanti a sé. Fu un bel momento di complicità.

Quello che per lei era un tergiversare, per Elenia era solo un voler creare più tensione, per farle credere che questa fosse l'opportunità della sua vita.

Del resto, si ricordava chiaramente delle parole scritte alla fine del suo curriculum, che le valsero l'impiego.

Scritte in inglese, *"I have the simplest tastes. I am always satisfied with the best"*, avrebbero potuto anche significare che non solo lei voleva, ma che probabilmente avrebbe fatto qualsiasi cosa pur di ottenere ciò che desiderava. Tale titolare, tale dipendente.

Dal canto suo, Elenia stava soltanto creando il momento ideale per ascoltare il sì che tanto si augurava.

«Ti piacerebbe cambiare lavoro?»

Elenia non avrebbe potuto colpirla di più. Nicole quasi non credeva alle sue orecchie.

«Cioè? In che senso? Non lavorare più per la Solo Lettere?» Si trattenne perché ebbe paura di mostrarsi troppo contenta.

«Sì.»

Elenia era sempre stata una donna di poche parole, ma in quel momento stava proprio esagerando. Però, stava riuscendo nel suo intento di creare la massima tensione possibile. Parlare meno del dovuto le stava giovando.

«Nel senso che tu andresti a lavorare per me in un altro posto.»

Per Nicole, era veramente dura giocare il ruolo della disinteressata quando le emozioni prendevano il sopravvento.

«Fuori dalla casa editrice? Tutti i giorni?»

«Sì.»

La cosa si stava facendo davvero interessante. In un pranzo di lavoro aveva scoperto che non avrebbe più dovuto fare la grafica, che quasi odiava e, in più, non avrebbe più dovuto avere a che fare con Elenia, che ancora non le stava tanto a genio.

Più che un'opportunità, le sembrò quasi la soluzione per tutti i suoi problemi in un solo colpo. Sarebbe stato quel "best" che cercava? Non avrebbe potuto chiedere di più.

«Se è per il bene dell'agenzia…», ebbe la faccia tosta di dire, con tanto di umiltà. «Ma che dovrei fare? Dove andrei a lavorare?»

«Quindi lo accetti?» Anche per l'impresaria, saperlo, era un bisogno impellente.

«Sì.»

Elenia gradì il suono di quella parola. Rivolse lo sguardo al cielo per un attimo e le sorrise con vittoriosa perfidia.

Era piena di sé.

Sentì un sollievo come poche volte aveva sentito nella vita. Proprio quella sensazione di quando crediamo di esserci liberati di una tonnellata dalle spalle. Quella parolina conteneva in sé tutti i suoi scopi più mirabolanti e malintenzionati, come solo lei sapeva architettare. Quella parolina non solo era magica.

Era tutto ciò che voleva ascoltare nella sua vita.

DOTT. RODRIGO ANTONIELLI

Soltanto una cena di lavoro

«Amore, Laura ha organizzato una cena per il suo compleanno e stavo pensando di andare. Che ne dici?»

«Laura?»

«Sì, l'infermiera del reparto, non te la ricordi? Sinceramente non volevo partecipare, ma lei si spende così tanto in reparto che non posso dirle di no. Andiamo?»

«Uhmm… non credo di farcela, mi dispiace. Vai pure senza di me. Anch'io sto messa male con il lavoro. Così posso stare un po' di più, senza il rimorso di averti lasciato solo a casa.»

«Sicura?»

«Ma certo…»

«Se per caso decidi di passare, noi andremo al "Sapori d'Incontri" subito dopo il turno. Ti aspetto lì, comunque, ok?

«Vedo quello che posso fare, ma già ti dico che credo di non riuscire.»

«Mi dispiace; in ogni caso non mi tratterrò molto nemmeno io. Passo un attimo in Intensiva per controllare le condizioni di un paziente e poi vado. Dopo, fuggo appena posso per restare con te.»

«Ti aspetto a casa. Ci vediamo dopo…»

«Non vedo l'ora. Mi manchi.»

«Anche te… a dopo…»

* * *

«Rodrigo!» Il dottor Ferrara gli andò incontro. «È sempre bello rivedere un viso amico, principalmente in questo reparto. Ma che ci fai qui – non hai già finito il tuo turno?» Si fermò davanti a lui con soddisfazione. Era sinceramente contento di rivedere il dottore con cui condivideva pensieri e diagnostici.

«Sono passato perché voglio sapere come sta il signor Lombardi.»

«Ah, grazie che sei venuto – ti ringrazio anche per l'aiuto che mi stai dando con questo caso. Non con tutti possiamo parlare dei nostri pazienti in questo ospedale. Lo sai…»

«Sì, che lo so. Ma con me puoi farlo, e ti sono grato anch'io di questo scambio. A proposito, come sta?», chiese Rodrigo avvicinandosi al letto dove il paziente dormiva, perché sedato.

«Allora… la sua crisi respiratoria è stata critica, ma ora si è stabilizzata. Abbiamo effettuato tutti i test necessari, incluso quello che hai suggerito te.»

«Grazie a Dio è stabile. Sono contento. Quali sono i risultati dei test, in linee generali?»

«Quello che mi preoccupa di più al momento è che sembra esserci una leggera diminuzione della funzione polmonare… per questo l'ho sedato, per ridurre il consumo di ossigeno e il metabolismo, almeno per oggi. Voglio limitare lo sforzo cardiaco e polmonare.»

«Hai fatto bene. Anche l'ECG non rileva anomalie significative, e questo è molto positivo», confermò Rodrigo guardando l'elettrocardiografo. «Ha avuto la febbre?»

«In effetti, ha un leggero aumento della temperatura corporea e il suo conteggio ematico mostra una lieve infiammazione.»

«Dunque, potrebbe essere un'infezione respiratoria?»

«È possibile. È ciò che voglio evitare, ma ci può essere anche una complicazione dovuta alla sua storia clinica: il paziente soffre di bronchite cronica. Ha fumato troppo sin da ragazzino…»

«… e ora ne sta pagando le conseguenze», concluse Rodrigo.

«Esatto.»

«Terapia antibiotica?»

«Sì, certo, 700 mg per 8 ore. La dose sarà successivamente adeguata alla sua risposta. Per ora terapia antibiotica a copertura e monitoraggio della funzione respiratoria.»

«È perfetto. Non c'è altro da fare: soltanto aspettare, sperando che lui risponda bene ai trattamenti», augurò il dottor Antonielli in modo sentito.

«Tengo in particolar modo a questo paziente, non capisco il perché. Ha un sorriso così generoso che non può che provenire da una buona anima. Mi ha conquistato sin da subito.»

«Era già un tuo paziente?»

«No, no. L'ho conosciuto quando è stato ricoverato. È da un po' di giorni che sta qui da noi. È tanto gentile, e poi mi è dispiaciuto perché stavamo pensando di dimetterlo ieri; invece lo abbiamo dovuto trasferire in Intensiva.»

«Avevi già avvertito i familiari che sarebbe uscito?»

«Sì, perché il quadro clinico era stabile…»

«Per la famiglia questi avvenimenti sono sempre un dramma.»

«Infatti.»

«Comunque conta su di me per tutto ciò di cui hai bisogno. Non farti scrupoli, mi raccomando.»

«Con te non me li faccio… ti ringrazio.»

Il medico diede una calorosa pacca sulla spalla di Rodrigo e con l'altra gli abbracciò il fianco.

«Ora vado alla cena che Laura ha organizzato per il suo compleanno. Peccato che non ci sarai…»

«Ci sarei andato pure io se non fossi stato di turno. Laura è riuscita a fare un miracolo, riunendo tutti.»

«Qualche miracolo è già abituata a farlo, qui in ospedale.»

«Vero… ora vai. Non voglio trattenerti.»

«Penseranno che non vado più, ma resto poco. Voglio tornare a casa presto per stare con Jacqueline. Stiamo lavorando tanto entrambi, e non abbiamo più molto tempo come prima.»

«Questa donna ti ha proprio preso, eh, amico?!»

«Diciamo che lei sa come prendermi…»

«Buona serata, allora – e non mi riferisco solo alla cena nel ristorante», disse facendogli occhiolino.

Rodrigo sorrise in un modo che disarmò persino il suo amico. Lo ammirò e quasi lo invidiò, perché lui era un uomo proprio bello, ancora di più senza la divisa. Sicuramente uno dei medici più belli e affascinanti di tutto l'ospedale.

* * *

Non si era trattenuto molto con l'amico Ferrara, ma abbastanza per capire che era in ritardo quando entrò nel ristorante "Sapori d'Incontri". Non si vedevano posti liberi.

Quando Laura lo vide spuntare all'entrata, alzò un braccio per farsi notare. Si affrettò con gioia a riprendere la sedia dal tavolo accanto, e chiese al cameriere di portare i piatti per aggiungere un posto in più a tavola. Pensava, così come gli altri medici e infermieri presenti, che il dottor Antonielli non arrivasse più; aveva già fatto togliere il suo posto.

Rodrigo si avvicinò per salutare tutti. Stava ancora ridendo e scherzando con i commensali quando udì un "mi scusi" molto gentile.

Si spostò, sempre sorridendo, e divenne di colpo serio perché riconobbe la donna che stava apparecchiando piatti, bicchieri e posate per lui.

Nonostante i suoi bei capelli neri fossero raccolti in una lunga coda, il suo viso gli era rimasto impresso oltremodo.

Lei alzava di continuo lo sguardo per adocchiarlo mentre sistemava il suo coperto. Preferì restare sulle sue; in fin dei conti, era al lavoro, e lui era a cena con degli amici, oltre che essere un bravo medico e lei semplicemente una cameriera tutto fare.

«Salve signora!», esordì Rodrigo in modo naturale. «Come va il piccolo? Sta bene, adesso?»

«Oh, salve, *dottore*! Non volevo disturbarla. Sì, sì, molto bene grazie a lei», rispose Eva, senza nascondere di essere molto contenta di rivederlo.

A Rodrigo piacque quel suo modo sincero di fare, e anche il lampo malizioso che trovò nei suoi occhi. Lasciava intendere che non le mancavano il senso di umorismo né la simpatia.

Lei sfoggiò uno dei suoi migliori sorrisi. I capelli raccolti e il grembiule nero le conferivano quell'aria di persona perbene, cosa che il medico aveva già colto durante la visita.

Il dott. Antonielli non smise di guardarla un solo istante mentre lei apparecchiava il suo posto. I suoi gesti erano molto attraenti. Richiamava l'attenzione.

Rodrigo sorrideva senza accorgersene mentre Eva era lì. La sua presenza gli portò un'inspiegabile energia positiva.

Lei subito finì e si allontanò dicendogli:

«Si goda la sua serata. Se la merita davvero, questa pausa…»

Quel suo modo dolce di fare catturò l'attenzione del medico in modo particolare. Poi Laura si sedette al suo fianco e la serata fu molto divertente per tutti.

Nel momento del taglio della torta, Eva portò il dolce con grande classe, appoggiandolo al centro del tavolo, davanti a Rodrigo, guardandolo e sorridendogli come se fosse lui il festeggiato.

Quando le persone cominciarono ad alzarsi per andare via, Eva spuntò dalla cucina e si avvicinò al dottor Antonielli per ringraziarlo ancora una volta.

«Sono stata contenta di rivederlo, *dottore*. Matty adesso sta bene e io le devo molto. Spero di rivederla. Torni che io voglio sdebitarmi – il minimo che posso fare è offrirle un caffè. Sarà un piacere per me. Si prenda cura di sé, *dottore*...»

Le parole di Eva colsero il dott. Antonielli di sorpresa. Quella donna parlava con una sincerità che gli arrivava al cuore.

Lui strinse la mano che lei gli porse ribadendo che sarebbe passato al bar senz'altro per un caffè. E si stupì quando si accorse che non erano parole al vento. Era più che una curiosità.

All'improvviso percepì chiaramente il desiderio di voler rivedere quella donna.

NICOLE & ELENIA

Una chance per entrambe

«**B**ene.»
Quando pronunciava questa parola era sempre intenzionata a finire il discorso. Se la diceva a voce alta, per sé stessa, voleva pensare a qualcos'altro. In quel momento puntava a fare entrambi.

Ora che il *gioco* stava entrando nel vivo, era necessario mantenere la calma e il sangue freddo più che mai. Anche per una donna arguta e ingegnosa come Elenia.

«Che devo fare? Di cosa si tratta?»

I suoi occhi brillavano di aspettativa, con una certa ingenuità. Era diventata impaziente.

Dopo il fatidico sì, che aveva atteso con inquietudine, Elenia anelava che Nicole continuasse a essere interessata al suo piano. Altrimenti non avrebbe saputo a chi affidarlo.

Lei sembrava la persona giusta per svolgere quella stramba incombenza, che solo la mente machiavellica di Elenia avrebbe potuto creare.

Nicole era perspicace abbastanza, se non da far funzionare del tutto quel piano strampalato, almeno per non farlo crollare. Allo stesso tempo, però, doveva lottare contro la propria sprovvedutezza, a tal punto da farla attuare come un'ingenua in situazioni che richiedessero la lestezza. Malgrado ciò, dava l'idea di essere fedele. Caratteristica da non trascurare minimamente in situazioni delicate come queste.

Teoricamente Elenia aveva la vittoria in mano. Ma sapeva di dover restare più scaltra che mai.

«Tu andrai a lavorare per me in un altro posto. In una grossa casa editrice. Dovrai solo inviare il tuo curriculum. Lo faremo noi, nella migliore versione. Magari con qualche aggiunta di corso o esperienza necessaria.»

«Ma non si possono inserire dati non veri nei curriculum…»

Abile com'era, Elenia già sapeva che avrebbe dovuto mostrarsi molto paziente quando la parte onesta della personalità della ragazza sarebbe uscita.

«Non ti preoccupare per questo. Nessuno andrà a controllare quello che c'è scritto.»

«Se lo dici tu…»

«Fidati. Non c'è pericolo. Come ti dicevo, scriveremo noi il tuo curriculum e dopo lo studierai. Devi solo memorizzarlo bene bene.»

«Ma dove mi manderai a lavorare?»

«Come ho detto andrai a lavorare in questa grossa casa editrice.» Elenia era astuta abbastanza da non pronunciare la parola che riassumeva ciò che in verità si aspettava da lei. «Lì dovrai fare il lavoro che ti verrà assegnato, è chiaro, e mi racconterai cosa succede.»

«Tutto qui? E il mio incarico nella Solo Lettere?» Ovviamente della sua vita si preoccupava solo e soltanto lei stessa.

«Tutti sapranno che ti sei licenziata.»

Lei si fece seria.

«Per finta o per davvero?» Il suo tono era incredulo. Dal momento che doveva lavorare anche per mangiare, la sua preoccupazione era più che giustificata.

«Per finta, ovvio. Almeno inizialmente.»

«Ci vorrebbe una via di mezzo», sollecitò con uno sguardo di domanda, più negli occhi che nelle parole.

«Ci vorrebbe una persona sveglia che sappia fare bene questo giochino», la corresse. «Poi, se ti assumeranno con un contratto, a quel punto dovrai licenziarti, ma sarai sempre una mia dipendente. Il posto nell'agenzia è sempre tuo.»

Effettivamente Elenia possedeva la notevole capacità di usare le persone facendogli credere che quel che affermava era la cosa migliore da fare.

Eppure Nicole non sapeva bene ancora come interpretare quelle parole: se esserle grata, per essere stata scelta, o se invece sentirsi usata.

Lei pensava che Elenia le stesse proponendo un altro lavoro, o un grosso incarico con il quale poter cambiare la sua vita, e alla fine aveva scoperto che doveva licenziarsi. Avrebbe dovuto fidarsi di quella donna così "strana" che le stava chiedendo un salto nel buio più totale senza se e senza ma. Poteva farlo?

E se non avesse mantenuto la sua parola? Si sarebbe trovata di nuovo disoccupata. La deduzione era ovvia.

La testa di Nicole girava.

Mai avrebbe pensato che le cose avrebbero potuto ritorcersi contro di lei. La solita legge di Murphy che avrebbe potuto colpirla ancora: se una cosa può andare storta, lo farà. La sua vita era diventata una continua fonte di prove negli ultimi tempi.

Elenia la guardava fissa negli occhi, come a voler anticipare i suoi pensieri e calmare i suoi timori. Il problema era sempre lo stesso: doveva farle accettare la sua proposta.

Il discorso stava diventando una questione di tutto o niente per Nicole, e il suo abituale contegno fino qui mantenuto con poche accuratezze, lasciò spazio a una parte del suo carattere che nemmeno lei stessa sapeva di avere. La scelleratezza. Proprio come Elenia.

«Quindi, in poche parole, dovrei fare la spia per te in questa casa editrice?» Il tono della voce era di incredulità. A parole certe cose sembrano facili, ma quando le si mette in pratica…

«Beh, non direi in questo modo», concluse un po' scocciata. «Diciamo che tu dovrai sondare degli aspetti su una persona in particolare in quel luogo. Inutile dirti che dovrai destreggiarti con molta cautela. L'argomento è delicato.»

Nicole si trovò senza scelte, dominata dal carattere forte di Elenia che la soggiogava con le sue parole e modi. Capì che stava buttando la sua vita chissà dove.

La vibrazione del telefono di Elenia richiamò l'attenzione di Nicole alla realtà. Quel messaggio non avrebbe potuto essere più inopportuno.

Doveva essere qualcosa di importante, perché notò il cambio repentino nell'espressione del volto della proprietaria della Solo Lettere. Era visibilmente irritata.

«Ora andiamo in agenzia che sono quasi le due. Non voglio che arrivi in ritardo, altrimenti devi lavorare almeno mezz'ora in più oggi», sentenziò.

"Ma se io sto con te, che vuoi pure licenziarmi – per finta o no, lo vedremo, – devo persino fare extra se arriviamo tardi?" Era quello che Nicole avrebbe voluto dirle veramente, ma rispose un timido "ok", pensando alle circostanze che avrebbero potuto rivelarsi contro.

«Da te posso solo prendere lezione», le fece notare.

Si augurò sinceramente che quello non fosse un suo madornale errore di valutazione su chi aveva puntato. Con chi aveva a che fare nella sua vita da quel momento in poi.

«Andiamo. Dobbiamo tornare al lavoro», ripeté Elenia alzandosi di scatto. E a Nicole, guardandola prendere la borsa e dirigersi al bancone per chiedere il conto, non rimase che seguirla.

Elenia non nascondeva più la sua profonda irritazione né parlava. L'impresaria era talmente tanto cambiata in viso che Nicole si sentì a disagio di nuovo.

Ripassò mentalmente le sue ultime parole credendo di aver detto qualcosa di non gradito o sbagliata. Ma era sicura che tutto stava andando bene fino al momento in cui Elenia non aveva preso il cellulare per leggere il messaggio che l'aveva tormentata.

Nicole cercò di continuare la conversazione in macchina, durante il breve tragitto di ritorno alla Solo Lettere.

«E chi sarebbe questa persona? Se è una casa editrice grossa, come hai appena detto, come farò io a trovarla in mezzo a tutti i dipendenti?», rifletté a voce alta, un po' confusa.

«È una donna. Di sicuro la troverai, te lo garantisco. Il suo nome è Jacqueline.»

«Dunque, fammi capire... io dovrei andare a spiare questa tipa?», domandò Nicole, cercando di ricapitolare la situazione, che le sembrava le stesse sfuggendo di mano. Era stupefatta e spaventata allo stesso tempo, ma non in ugual misura. Molto più allarmata, indiscutibilmente.

«Se vuoi metterla così... per me è solo questione di supervisionare. Dovrai controllare da vicino il lavoro di questa persona», commentò senza andare oltre. Lo sguardo arcigno dell'imprenditrice mentre guidava era finalizzato ad aumentare la sudditanza psicologica.

Lei non rivelò il vero motivo per cui Nicole doveva stare alle calcagna della sua ex assistente editoriale: la ragazza che aveva dedicato due anni della sua vita con sforzi instancabili alla Solo Lettere.

«Come si chiama? Tatiane?»

«Jacqueline. Maria Jacqueline Pellegrini», rettificò Elenia, espirando, mettendo già in dubbio il successo di tale impresa. Cercò di dimostrare calma per continuare la sua spiegazione con un atteggiamento stoico, visibilmente impostato.

«Spiare lei, la sua agenda... queste cose che si vedono nei film?»

Elenia non rispose.

Era indiscutibile che la chiave per vivere la vita che Nicole voleva si stava dimostrando alquanto diversa, per usare un eufemismo. Ciononostante, congetturando nella risposta affermativa, lei era ancora disposta a farlo pur di averla.

«Ti devo chiedere una cosa, però. Sono troppo curiosa.» Era vero. «Dove andrò a lavorare?», volle sapere con un mezzo sorriso che le fece brillare pure gli occhi.

«Alla Sagar.»

Spalancò gli occhi, anche perché la macchina aveva preso una grossa buca.

«La Sagar, quella famosa casa editrice?» S'impaurì. Le parole le uscirono dalla bocca di getto, senza ragionare.

«Sì. E con questo?», rispose Elenia con la solita freddezza, cercando di smorzare l'entusiasmo di Nicole.

«No, nulla», rispose pentita. «È solo che ho pensato di dover andare a lavorare in qualche ufficietto, e invece mi ritroverò in una delle più famose e importanti case editrice, non solo in Brasile.»

All'improvviso l'idea diventò interessante anche per Nicole, che, senza questo aiuto, molto probabilmente mai avrebbe messo piede in quell'importante azienda.

Forse si sbagliava. Forse aveva puntato giusto su Elenia.

«Lavorerò nella grafica pure lì?», chiese un po' sconcertata.

«Tutto dipenderà se e per quale mansione assumeranno.»

«E come saprò se stanno assumendo personale?»

«Te lo dico io. Ho le mie fonti», replicò senza aggiungere altro.

L'imponente macchina nera di Elenia si fermò davanti alla porta di entrata della Solo Lettere. L'impresaria gettò uno sguardo veloce a Nicole e appoggiò le spalle contro il sedile con fare di superiorità, dimostrando totale autocontrollo.

«Ora ti lascio. Devo parlare con Mafalda per capire come farti entrare lì. Probabilmente non torno più oggi. Se c'è qualcosa di importante, chiamami. Non ti preoccupare che sarà anche divertente, se farai tutto come ti dico io», e inclinò leggermente il busto per avvicinarsi a Nicole, cercando di baciarla sulle labbra.

Confusa, la ragazza girò la testa, pensando: "ma questa è lesbica!" Per un secondo ebbe paura di averlo detto veramente.

Era vero che Nicole era attratta da Elenia, ma non in quel modo. Quel gesto la spiazzò.

Aprì lo sportello il più in fretta che poté per salutarla dal marciapiede. Almeno sarebbe stata al sicuro da ogni forma di situazione imbarazzante.

L'impresaria, con quel bacio, voleva soltanto sigillare una complicità.

«Terrò tutto sotto controllo», si affrettò a dire. «Non ti preoccupare», aggiunse salutandola con una mano. Cercava di mantenerla allo stesso tempo tranquilla ed entusiasta.

La lasciò sul marciapiede, continuando a parlare al cellulare. Partì quasi sgommando, senza rivolgerle più alcuno sguardo, con la stessa fretta con cui Nicole cercava di dimenticare quella situazione a dir poco disagevole.

Quel piano stava prendendo tutte le sue attenzioni ed energie, si stava spendendo molto per il suo successo. Non sapendo se fosse riuscita ad avere grande influenza su Nicole, bisognava stare ancora molto attenta a tutta la situazione, a ogni minimo dettaglio, principalmente alle sue reazioni.

Non solo perché era una tipa diffidente; fidarsi di un essere umano non era nelle sue corde. Il problema vero era che quel piano non poteva andare male. Oltre a Nicole, non aveva trovato altri con cui lo potesse attuare. Né una persona che avesse le sue stesse ambizioni. Quindi, era fondamentale che la trattasse in un certo modo; solo così avrebbe raggiunto l'inconcepibile risultato che tanto si augurava.

* * *

«Ho bisogno di parlarti.» Quella voce le sembrava quasi strana ormai. Aveva perso un bel po' di familiarità. «Che fai?»

Elenia non sentì il bisogno di raccontare il suo piano al marito. Era una idea sua e come tale doveva rimanere. Di solito non nascondeva nulla al suo compagno di vita, ma le sue priorità stavano cambiando.

«Nulla di importante. Sono in giro e vado da Mafalda per parlare delle solite cose», affermò senza lasciar trasparire alcuna emozione.

Per un secondo Enrico si preoccupò di quella distanza. Non voleva e non poteva rompere il vincolo che li legava.

«Siccome sei una fumantina, ho lasciato passare un po' di giorni. Non avevo voglia di litigare.»

«E chi ti ha detto che avrei litigato?»

«Nessuno. Sei tu che discuti sempre. Io invece sono un tipo paziente, ma persone come te mi fanno perdere la pazienza in un attimo. Comunque, voglio dirti che tornerò a casa e non mi aspetto nemmeno che tu chieda scusa. Non sono questo genere di persona…»

«Chiedere scusa, chi? Io?»

Enrico udì un fragile sorriso.

«Sì. Se sono andato via è stato solo per non litigare. Non dico che sia colpa tua come sempre, ma quasi. Io perdono, lo sai.»

«Ma stai ascoltando le tue parole? Sei sicuro di quello che stai dicendo?»

«Certo! Così come ascolto io le tue. Cerco solo di dimenticarle e perdonarti.»

«Ah! Quindi *tu* devi perdonare me…»

«Sì. Ma l'ho già fatto. Tanto che sto tornando a casa. Ti vedo lì fra qualche minuto?»

«Te l'ho detto. Sto andando da Mafalda. Dopo, forse. Potrei liberarmi.»

«Allora ti aspetto. Metterò delle candele alla cannella, visto che ti piace tanto, sparse un po' per la camera. Dimenticheremo tutto.»

Elenia non poteva scordarsi ciò che era successo. Pur tuttavia, doveva ammettere che il marito sapeva come prenderla. E anche se lei aveva affermato categoricamente che quella volta sarebbe stato diverso, lui riusciva comunque a farle cambiare idea.

Sicuramente era così, perché nemmeno lei aveva alcuna intenzione di mollare ciò che aveva nella vita. Materialmente parlando.

RILLEY

Non demorde

Come mediatore aziendale ricopriva una posizione di grande rilevanza, sia a livello dirigenziale che operativo. Era senz'altro una figura chiave per tutti i reparti e per l'intero corpo aziendale in generale a causa della sua personalità forte, integra, e dei modi di fare sempre gentili.

Di origini irlandesi e americane, padre nato a Dublino e madre newyorkese, i Rilleys arrivarono in Brasile quando il padre ambasciatore fu trasferito a lavorare a São Paulo. Thomas era ancora piccolo.

In Brasile, non lo chiamavano per nome. Tranne che per alcuni amici inglesi o americani, diventò Rilley per tutti. Anche per i colleghi di lavoro.

Da bambino visse sempre tra i libri: suo padre, un uomo colto e intelligente, leggeva molto. Facile intuire che sarebbe diventato un vero amante della lettura. La madre, a cui piacevano i libri tanto quanto il padre, di solito ne leggeva due o addirittura tre in contemporanea.

L'abitudine della lettura è naturalmente influenzata dall'esempio. Così il piccolo Thommy, unico figlio dei Rilleys, che crebbe circondato dai libri, finì per avere anche lui la stessa passione dei genitori.

Il corso in Economia gli aprì le porte della più rinomata casa editrice a San Paulo, anche a livello internazionale. La sua intelligenza e passione per la lettura lo fecero crescere nella Sagar, trasformandolo in una figura di riferimento per il direttore Santiago del Castro che investiva molto nei giovani e nelle innovazioni.

Le sue responsabilità spaziavano dalle attività di *problem solving* in generale, come mediatore nelle negoziazioni, consulenza, supporto, formazione e sviluppo, alla gestione della comunicazione con altri dipartimenti; spesso andava oltre alle proprie responsabilità, occupandosi anche di innovazione e aggiornamento tecnologico.

Ora che alla Sagar sarebbero stati implementati notevoli cambiamenti, Rilley sarebbe stato coinvolto in maniera più marcata in questa grande riforma.

Venne incaricato di gestire personalmente quel progetto anche per tenere alta la salvaguardia della sicurezza e del benessere dei dipendenti, un tema cruciale per tutta la direzione e per il Signor Santiago del Castro, in particolare. Non gli mancava di certo il da farsi alla Sagar.

Come non gli mancavano le attenzioni delle donne. Ma, per lui, Jacqueline era diversa. Si sentiva irresistibilmente attratto da lei. Quell'aria da ragazzina, mischiata alla determinazione di una donna forte, cosa che più ammirava in lei, era una combinazione che fungeva da vero magnete. Nondimeno, c'era il fatto che fosse oggettivamente una bella ragazza.

Non passava giorno senza che lui non le parlasse o facesse un'incursione nel suo ufficio.

Quel giorno, però, arrivò con entrambe le mani occupate.

«Mi è permesso?», disse sfoggiando un sorriso sincero. Entrò con una tale sicurezza e scioltezza da colpire Jacqueline, che sorrise, abbassando la testa, quando vide cosa aveva nelle mani.

«Tu sei pazzo…»

«Solo perché ti porto una Coca-Cola con un sacchetto di M&M's? Allora si vede che sei abituata proprio male, Ragazza!» Rispose con l'aria giocosa stampata sul volto.

Impilò due libri per far spazio sulla scrivania di Jackie per appoggiare il "pensierino" di metà pomeriggio.

«Posso dirti la verità?», ribatté Jacqueline, lasciando il mento poggiato sul braccio.

«Ma certo. A me puoi dire tutto quello che vuoi…» Lo sguardo era birichino. Così come le sue intenzioni.

«Sei arrivato nel momento giusto, proprio quando avevo voglia di sgranocchiare qualcosa…»

«Se tu lasciassi fare a me, Bambina mia, ti garantisco che non ti mancherebbe nulla. Puoi starne certa. Ma fai tutto di testa tua…»

«Stiamo ancora parlando di questo regalino che mi hai portato?

«Io sì. Perché? Tu no?» Rilley scoppiò a ridere.

«Sei tremendo.»

«Me l'hanno già detto.»

«Non ne dubito affatto…»

Rilley si voltò per andare via. Improvvisamente si rigirò, guardando Jackie, per farle una domanda.

«Comunque… hai mai sentito parlare dell'effetto farfalla?»

Maria Jacqueline lo guardò con curiosità.

«Sì, certo. È il concetto che spiega, in poche parole, che piccole azioni possono avere grandi effetti nel futuro, giusto?»

«Giustissimo.»

«E?»

«E mi auguro che questo regalino, come lo chiami tu, abbia lo stesso effetto farfalla per me.»

«In che senso?

«Nel senso che tu decida di ripagarmi con un caffè. Potresti offrirmelo…»

«E perché non l'hai detto prima? Domani te lo offro durante la nostra pausa.»

«Ma io non intendevo qui alla Sagar…»

«Allora ti dico che domani dovrai pagarti il caffè e che proprio ora dobbiamo tornare al lavoro.»

«Sei tremenda…»

«L'hanno già detto pure a me», commentò Jacqueline con malizia, alzando un sopracciglio.

«Non ne dubito nemmeno io…», e il suo sguardo malizioso infine comunicò a Maria Jacqueline tutto il desiderio che provava per lei.

RODRIGO

Peccati di gola

Quella che avrebbe dovuto essere una via qualsiasi per arrivare in ospedale era diventata, chissà per quale motivo, strana. Diversa. Come quel bar che si era fermato a guardare dall'auto: un locale diviso in due – da una parte la caffetteria/pasticceria, dall'altra il ristorante.

In effetti, si ritrovò a pensare a lei più di quello che avrebbe dovuto, per la sua attuale condizione di fidanzato innamorato. Ciononostante, Rodrigo era ancora sulla macchina, spenta, mezz'appoggiato sul volante, con la testa china, pensando a cosa fare. Sapeva che entrarci non sarebbe un'idea *saggia*. Ma qualcosa lo richiamava lì. Qualcuno. Forse qualcuna, di nome Eva?

Perché mai lei gli aveva detto che lavorava al "Sapori d'Incontri" durante la visita? Soltanto una frase ingenua, senza intenzioni, o un aggancio per non perdere il contatto? Non glielo avrebbe detto se non avesse voluto rivederlo. Eppure non sembrava aver dimostrato interesse verso di lui. Tattica o mero disinteresse? Quando si erano rivisti per caso al compleanno di Laura, però, i suoi sorrisi non erano stati così ingenui. Non riusciva a comprendere quello che passava nella mente di lei. Tantomeno nella sua.

In definitiva, il medico doveva ammettere che Eva aveva smosso qualche pedina perturbante nello scacchiere del suo cuore, che fino a pochi giorni prima era stato pronto a dedicare la sua vita a Jacqueline.

Non si sentiva a suo agio in macchina. Tanto meno in quella situazione, che ovviamente avrebbe portato delle conseguenze, quanto meno nella sua coscienza. Pensò che la cosa più sensata da fare fosse andare via.

Sì. Sarebbe potuto andare via in quel momento, cercando di dimenticare le sensazioni provate. Ma Eva lavorava lì. Prima o poi l'avrebbe rivista, dato che il bar-ristorante era un locale molto vicino all'ospedale.

Poi, avrebbe potuto incontrarla di nuovo sul posto di lavoro — non si augurava di certo che il bambino stesse ancora male. Ma se avesse avuto la febbre alta un'altra volta?

Con un movimento veloce e irriflesso, tolse la chiave del motore, aprì lo sportello e lo chiuse con una certa violenza.

Udì il rumore e guardò la sua macchina, pentendosi di averlo sbattuto con così tanta forza.

Si preoccupò solo per quello e, lasciando Jacqueline fuori dai suoi pensieri, si avviò verso l'entrata. Sperava che Eva non ci fosse. Sarebbe stato più semplice. Ma si augurò di trovarla; dentro di sé sapeva che prima o poi si sarebbero rivisti.

Dopo tutto, avrebbe preso soltanto un caffè, avendo già fatto colazione a casa...

Di solito era un bar ben frequentato in tutte le ore del giorno grazie alla buona qualità dei servizi offerti nel locale. Quel momento non era diverso.

Rodrigo pagò il ticket alla cassa, prese lo scontrino e lo porse al ragazzo dall'altra parte del balcone. Quell'odorino di caffè macinato gli piaceva talmente tanto da essere un profumo che non si sarebbe mai stancato di sentire.

Non guardava da nessuna parte mentre aspettava. Per qualche inconsueto motivo, provava imbarazzo. Strano, perché non gli capitava mai di sentirsi in quel modo, al lavoro o in qualsiasi situazione della sua vita privata.

Il barista appoggiò la tazzina con il caffè fumante davanti a lui.

«Macchiato, il suo, giusto? Un attimo solo che è finito il latte…»

E si diresse brontolando verso la porticina a fianco alla grande macchina che preparava i caffè, sparendo dentro quella che Rodrigo immaginò fosse una cucina, punto di connessione con il ristorante.

«Come si fa a lavorare con questa gente», il ragazzo riapparì un istante dopo, mugugnando.

Il dottore osservava il barista ripensando a quanto dovesse essere difficile accontentare tutti nei momenti di punta: caffè al vetro, macchiato, macchiato freddo, macchiato caldo, lungo… pensò che la pausa, con questa bevanda amata così tanto e non solo dai brasiliani, metteva a dura prova la pazienza di qualsiasi persona.

Era talmente assorto nei suoi pensieri che non si accorse di chi era appena sbucato da quella porta. Lo fece solo quando un viso conosciuto entrò nel suo campo visivo, catturando la sua attenzione.

Lasciò scivolare lo sguardo dal volto della donna fino ai piedi, soffermandosi, prima, sui lunghi capelli raccolti in una coda e sul grembiule nero che indossava. Le stava proprio bene. Se riusciva a cogliere la sua attenzione con un semplice grembiulino da barista, il medico subito immaginò come dovesse essere bella quando era pronta per una serata. Posò gli occhi sulla sua silhouette messa di fianco, per osservare le curve del suo fisico asciutto e ben fatto.

Il contatto visivo è una parte importante della comunicazione umana. E la percezione di essere osservati o di percepire l'intensità di uno sguardo non può essere denominata come una sorta di sesto senso o intuizione perché tutti noi l'abbiamo. Ma se qualcuno ci osserva intensamente, questo segnale attiva una risposta inconscia, facendo sì che la persona si senta osservata.

Questo è il meccanismo con cui, in poche parole, Eva riuscì a catturare lo sguardo di Rodrigo su di sé, mentre portava delle bottiglie di latte al bar.

Ricambiò il gesto, con altrettanta profondità, regalando al medico una risposta inconfutabile: uno dei suoi migliori sorrisi. Di nuovo, soltanto uno di quelli a cui riservava alle persone speciali, che proveniva dal cuore.

C'era una bellezza speciale in quello sguardo silenzioso, con la complicità di una connessione che va oltre le parole. Rodrigo rispose al sorriso e la donna si avvicinò.

«Buongiorno *dottore*! Che bella sorpresa rivederla, così inaspettatamente...»

Qualcosa si risvegliò in Rodrigo, quando udì quella parola pronunciata in quel modo da Eva che gli piaceva tanto. La trovava eccitante.

«Lei lavora sempre!?»

«Sempre...», rispose con voce bassa e calda, cullandosi nelle sensazioni che lei gli trasmetteva.

Anche a lei quella voce smosse qualcosa – le finì quasi nello stomaco. La voce di chi le interessava le faceva sempre quell'effetto.

«Non mi è rimasto altro da fare...», le uscì di bocca, pentendosene subito dopo. Non intendeva parlargli di problemi. Voleva essere una donna interessante per lui, affascinante, e a un tratto non seppe più cosa dire o come comportarsi. La sua presenza la imbarazzava terribilmente.

Rodrigo aveva smesso di sorseggiare il suo caffè per parlare con Eva. E anche per guardarla. Mantenne la mano sulla tazzina come a voler sentire il conforto di quel caffè caldo.

Lei notò non solo il modo in cui la guardava, ma anche le sue braccia, che non aveva visto quando Mattia era in visita perché portava il camice. Erano forti, potenti.

Quell'uomo aveva classe, eleganza e probabilmente gli piaceva anche la moda, a giudicare dalla camicia blu con il logo Burberry. Pensò che non aveva mai avuto un uomo che potesse permettersi un abbigliamento del genere.

Aveva riconosciuto il marchio perché era una appassionata di moda pure lei, anche se ultimamente il capo che indossava e cambiava di più era il grembiule.

Si soffermò anche sulle mani. Lo faceva sempre quando un uomo l'attraeva. L'avevano colpita già al primo incontro perché erano ben curate.

«Non è che frequento tantissimo questo bar, ma siccome è vicino all'ospedale, è il locale più comodo per un caffè o per mangiare un boccone. Non dista nemmeno molto da casa mia. Sta praticamente a metà, in linea d'aria. Ma non l'avevo mai vista qui…»

«In realtà lavoro per il ristorante. Sono una specie di jolly. Sto in cucina, porto a tavola… aiuto a fare quello che serve sul momento. Da un po' di tempo lavoro anche al bar per arrotondare qualcosa in più con le ore extra. Lei non mi ha mai vista probabilmente perché non ci ha mai fatto caso.»

«Se l'avessi vista prima me ne sarei accorto e non mi sarei scordato. Comunque, so che suo figlio si chiama Mattia, ma non so il suo, di nome…»

«Eva.»

Non disse altro.

Pensò che un uomo come quello poteva permettersi di avere la donna che voleva. E che sicuramente riservasse i suoi corteggiamenti migliori a quelle che se li meritavano: le ragazze più belle – o almeno più ricche di lei. Volle uscire dall'impaccio, in modo carino e distinto.

«Posso offrirle qualcosa? È il minimo che posso fare», e si allontanò senza che Rodrigo avesse il tempo di rifiutare.

Gli portò uno *scone*, una specialità inglese spesso servita con panna e marmellata. Voleva essere originale.

Quando Rodrigo vide tutta quella panna, fu lui a ritrovarsi in una situazione di leggero imbarazzo. Eva lo capì al volo.

«Che c'è? Non le piace?»

«Non mangio la panna.»

«E che problema è? Avevo pensato di farle assaggiare un dolce un po' particolare, ma ora ho capito. Mi aspetti solo un secondo…»

Eva tornò con un piatto di *waffles* caldi che servì con frutta e sciroppo d'acero.

Rodrigo s'inebriò con quell'odore. Insieme all'aroma del caffè, quella combinazione di profumi era estasiante.

«Potevo servirlo con la panna ma ho preferito evitare», sorrise, scherzando. «Meglio andare sul sicuro…», e rimase in silenzio a osservarlo mangiare.

Poco dopo domandò:

«Lei è sempre così sincero? Dice sempre la verità?»

«Sono un medico. Devo sempre dire la verità. E lei? È sempre così simpatica e gentile?»

«Sono una barista. Devo essere disponibile sempre. Simpatica? Solo con alcuni; i migliori…», strinse le labbra. «Mi scuso ma non posso trattenermi. Mauro mi sta già guardando storto», disse riferendosi al ragazzo che preparava e serviva il caffè al bancone. «Devo anche sfornare la *quiche lorraine* che è nel forno. Spero che non si sia bruciata… comunque, se tornerà, spero di rivederla.»

«Io tornerò, e noi ci rivedremo. Senz'altro.»

ELENIA

Una donna sola

Non trovò le candele promesse quando arrivò a casa: l'accolse lo stesso vuoto di prima, che non sapeva mai come riempire. Non c'era nessuno. Nemmeno Enrico.

Pensò di chiamarlo, ma la situazione era diventata così complessa che non sapeva cosa fare o come venirne fuori.

Se lo avesse chiamato, avrebbero finito per litigare ancora una volta, cosa che le avrebbe causato un dolore maggiore, nel caso in cui il marito si fosse comportato come al solito.

Non aveva più forze né coraggio per affrontarlo. Ma quel silenzio la stava mangiando dentro. Doveva solo capire quale sofferenza era più forte: quella reale, che provava in quel momento, o quella immaginaria, che era sicura sarebbe successa comunque.

Sentì la mancanza di una persona su cui contare. Non era facile sopportare tutto quello stress da sola.

Pensò di chiamare Nicole per parlare con qualcuno. In fin dei conti stava aspettando la sua chiamata e avrebbero avuto sicuramente molto di cui discutere. Però, non era in vena di trattare affari, intrecci o inseguimenti.

Avrebbe voluto trovare Enrico a casa per ricominciare la loro storia; dimenticare tutto ciò che era successo con un lungo abbraccio. Lui esercitava una forza su di lei, molto simile a una dipendenza. Bisognava ammetterlo. Come uscirne fuori non ne aveva la più pallida idea.

Tutti questi pensieri, mischiati alla stanchezza, la debilitavano. Aveva l'aria esausta.

Elenia accese una sigaretta e si sedette sul divano. Bianco, lungo, con una *chaise longue* alla fine: tutto per lei, quella sera. Prese il telecomando e schiacciò un tasto qualsiasi. Quel silenzio la torturava tanto quanto la leggerezza e superficialità che trovava nei programmi; passare da uno all'altro senza sosta la irritava ancora di più.

Guardò le mura della sala. Anche la casa non sembrava più la stessa. Il matrimonio, quello vero, basato su rispetto, complicità e condivisioni, non era mai esistito tra loro. Ma non le mancavano quelle cose: anche se l'unione era solo di convenienza, per lei funzionava lo stesso. Ogni coppia costruisce la propria realtà.

Di solito quel salotto era sempre pieno – o almeno c'era sempre qualcuno, o qualcuna, con cui parlare. Però, in quel momento comprese più che mai che tutte le persone che frequentavano quella casa avevano uno scopo ben preciso per farlo. Cominciando proprio da lei. Erano tutte amicizie di convenienza. I veri amici da molto tempo non esistevano più, se mai fossero esistiti. Nella sua vita non c'era spazio per le cose vere. Ogni sua azione o pensiero aveva una finalità, e nessuno entrava nella sua vita senza un obiettivo.

Nella solitudine più assoluta, Elenia scelse una delle bottiglie di vino che a Enrico piaceva tenere in casa da offrire o regalare, in caso di visite o favori. Era pregiato, di un'ottima annata, diventato ancora più prezioso man a mano che invecchiava. Lo diceva l'etichetta.

Prese un calice e lo riempì con gli stessi gesti che faceva il marito, ammirando il suo colore limpido. Lo assaggiò, percependo la particolarità della sua piacevolezza.

Non s'intendeva di vini, ma si ricordò quando Enrico inclinava la bottiglia per guardare la bevanda in controluce, assicurandone la bontà a chi assisteva a quel suo gesto. Dava l'impressione di essere un vero intenditore. Considerò che non gli aveva mai chiesto se se ne intendesse veramente.

Ripeté quel gesto ancora una volta, ma non trovò nulla che fosse diverso da un vino qualsiasi. Pur sapendo che la qualità di quella bottiglia non poteva essere ordinaria, perché costosa, non vide nulla che la trasformasse in bibita pregiata in mezzo a tutte le altre nello scaffale di una enoteca. Tuttavia, il contenuto sembrava essere buono. Il marito aveva convinto pure a lei.

Pensò a quante persone potevano permettersi di avere una bottiglia come quella in mano, e quante avrebbero potuto degustarselo senza un'occasione importante per farlo.

Lei.

Lei poteva farlo. Poteva senz'altro permetterselo.

Bevette. Riempì di nuovo il suo calice osservando il liquido rossastro che sembrava inebriarla dal buon odore. Tutto sommato la vita che aveva scelto non era poi così triste.

Doveva solo guardare dal lato giusto e far entrare in casa le persone giuste, per continuare a riempire il suo calice e sorseggiare vini buoni come quello.

NICOLE

Il salto nel buio

Quel progetto sembrava sfidare tutte le sue capacità allo stesso tempo. Tanto che Nicole cominciò a definirlo come il suo tormento. Anzi, tormentone, perché era un libro di molte pagine.

Era anche il lavoro finale prima del salto nel buio; quel suo ultimo giorno lavorativo come grafica si stava rivelando molto faticoso.

L'indomani avrebbe intrapreso una nuova occupazione. Sapeva solo questo. Se poi fosse tornata o meno alla Solo Lettere era tutto da capire. Comunque fosse, quel progetto era diventato un grattacapo difficile da sgrovigliare.

«Perché mai devo farlo io? Non poteva essere consegnato domani, quando non sarò più qui?» Non l'avrebbe mai finito in giornata.

Si giustificava pensando che sarebbe stato impossibile realizzarlo a causa della sua mancanza di esperienza. Pur sapendo, ne era consapevole di non essere un granché come grafica, sebbene fosse riuscita a cavarsela fino a quel momento, in un modo o nell'altro. Eppure il suo problema principale oramai era un altro: ciò che stava per fare. Non riusciva a smettere di pensarci. Le rubava la concentrazione dal lavoro. La testa le martellava.

Si alzò, con l'intenzione di parlare con Elenia per dirle che aveva bisogno di aiuto e la incontrò appena uscì dal suo ufficio.

«Dove stavi andando?», chiese l'impresaria in modo inquisitore con la sua voce rauca.

«Stavo venendo da te. Che coincidenza…»

Lei entrò, si appoggiò alla parete, vicino alla finestra, e accese una sigaretta con lentezza e sicurezza nei gesti. Poi alzò lo sguardo.

«Chiudi la porta», ordinò con estrema freddezza.

Nicole sentì una stretta al cuore mentre si girava per arrivare alla maniglia, ubbidendo al comando in modo quasi automatico. Sapeva che il suo futuro stava per essere rivelato.

La prima cosa che pensò fu che, forse, esponendo le sue difficoltà alla titolare, avrebbe potuto non finire quell'odioso libro. Tale pensiero le portò quasi un brivido di sollievo.

La seconda, più importante, e lo sperava davvero, era sapere che di grafica nel suo nuovo lavoro non avrebbe più dovuto preoccuparsene.

Tornò alla sua postazione e si sedette con una certa ansia. Aspettò che Elenia iniziasse a parlare mentre la fissava con sguardo indagatore.

«Ho parlato con Mafalda ieri e lei mi ha detto che stanno cercando un interior designer. Quindi, abbiamo preparato un curriculum di tutto rispetto per questa posizione e tu andrai a lavorare lì domani stesso. Devi solo presentarti.»

«Ma… la selezione per il posto?»

«Nessuna selezione. Abbiamo già fatto tutto noi. Il posto è tuo. Garantito, ti ho detto. Devi solo presentarti là alle nove. Sii puntuale, mi raccomando. A proposito, come pensi di cavartela in questo ruolo?»

«Non l'ho mai fatto per mestiere, ovvio, ma so che le cose strane vanno alla grande», replicò in tono solenne.

«Tipo?»

«Tipo riempire di libri un frigorifero in stile "anni 50", o mettere una o più piante dentro una credenza trasformandola in un armadio tutto natura, pieno di vasi e sottovasi.»

L'idea non animò Elenia, particolarmente restia ai forti cambiamenti, ma pensò che tutto sommato avrebbe potuto anche funzionare. Con qualche adattamento qua e là, di comune accordo con i responsabili della Sagar, forse quella sua idea avrebbe potuto non solo essere fattibile ma anche sortire qualche effetto. Scenografico, senz'altro.

Essendo una realtà importante per il settore librario, con qualche indugio avrebbero anche potuto apprezzare. Chissà.

Confidava in quella ragazza, un po' impacciata per certi versi, ma sveglia quanto bastava per cavarsela quando la situazione lo richiedeva.

«Non mi interessa quale sarà la tua tattica. A me preme solo avere informazioni. Dovresti anche cominciare a guardare qualche rivista specializzata. In questo modo avresti qualche spunto in più.»

«Potresti comprarmele? Avrò bisogno di molto più di una», rivendicò Nicole.

«Hai appena preso il tuo stipendio. Puoi comprarne quante ne vuoi», replicò l'impresaria duramente senza guardarla mentre si dirigeva alla porta per tornare al proprio ufficio.

«Ah…», disse prima di uscire, girandosi all'improvviso. «Sono venuta anche per dirti che il cliente ci ha chiamato sollecitando il suo lavoro. Ne ha bisogno. Quindi, cerca di finirlo quanto prima, intesi?»

Nicole sbuffò. Riprese il suo computer e quasi con disgusto tornò a guardare il monitor senza vedere nulla di ciò che lo schermo mostrava.

"Interior design", borbottò. «Vista la situazione assurda che mi ritrovo a dover gestire, spero solo di non peggiorare le cose. Ma che altro mi potrebbe mai capitare?», si amareggiò.

E con un gesto meccanico cambiò posizione sulla sedia e afferrò il mouse, riportando di nuovo la sua attenzione al programma per qualche istante.

FELICIA E EVA

Una famiglia come tante

Felicia era diventata quasi una mamma per Mattia. Come succede a tante nonne, ormai. Per fortuna Eva poteva contare su di lei, una donna molto giovanile.

Anche Viola era un grande aiuto: una ragazza sempre pronta a collaborare nel migliore dei modi per le necessità del dolce Matty, un biondino di tre anni i cui riccioli incorniciavano il visino dolce. Era un bimbo tranquillo e sveglio. Adorabile. Facevano veramente di tutto per non fargli sentire la mancanza del padre.

Eva e Jorge avevano iniziato ad avere problemi proprio quando lei era rimasta incinta del suo unico figlio. Lui non voleva averne. Lei lo scoprì solo allora.

«Come può un uomo non accettare il proprio figlio?» Lo odiò con tutte le forze.

In certi giorni, però, Eva lo giustificava pensando che lui dovesse ancora abituarsi all'idea di diventare genitore, cercando di dargli tutto l'appoggio che probabilmente gli mancava. In altri, lo colpevolizzava.

La gravidanza era stata molto complicata a causa delle loro liti. Lei soffriva molto nel vedere il marito arrivare già mezzo brillo per finire di ubriacarsi a casa, un giorno sì e l'altro pure. Alla fine Mattia nacque di otto mesi.

La futura neomamma aveva sperato che l'atteggiamento del marito cambiasse con l'arrivo del loro primogenito. Ma questo non successe. Dopo la nascita, perse del tutto i limiti e presto si trasformò in un dipendente dell'alcool.

La sua vita con Jorge diventò un vero inferno. Così, nel sesto mesiversario di Matty, a Eva balenò l'idea di separarsi.

Però, la loro crisi veramente seria iniziò quando lui perse il lavoro; Mattia aveva da poco compiuto un anno. Fu licenziato in tronco per giusta causa quando arrivò ubriaco a lavoro.

A quel punto, anche il loro rapporto di coppia si era fatalmente degenerato. Era già difficile vederlo bere senza contegno a casa. Ma vederlo tornare ubriaco dal bar diventò insopportabile. Eva si vergognava a morte. Infine, chiese il divorzio.

Lui si lamentava, dicendo che lei era proprio un'ingrata. L'accusava di averlo abbandonato quando aveva più bisogno. Durante una lite molto aspra e violenta, lui l'incolpò di avergli rovinato la vita, prima ancora che lei l'avesse espulso di casa. Senza avere più un reddito, non sapeva cosa fare della propria vita.

Se ne andò, ma lasciò quel rimorso nel cuore della ormai ex moglie. Le ci volle del tempo per riprendersi da quella sofferenza.

Di conseguenza, prese a lavorare giorno e notte, che non era solo un modo di dire. Trovò impiego in un ristorante non molto lontano da casa, dove poté contare sull'aiuto del proprietario. Essendo una persona sensibile e per bene, le permetteva di fare molte ore extra.

Per lui era comodo. E lei aveva bisogno di quel lavoro che, tra l'altro, eseguiva molto bene. La situazione giovava a entrambi, se non fosse che Eva doveva quasi abbandonare l'unico figlio per via del suo intento di dargli una vita degna.

Per fortuna c'erano mamma Felicia e Viola, la ragazza che sostituiva sia sé stessa che la madre, anche discretamente, come baby-sitter.

Nonostante i suoi due grandi rimorsi: aver in qualche modo abbandonato il padre di suo figlio, condannandolo a una vita di necessità, e non essere presente nella vita di Mattia, lei andava avanti con tutti i sacrifici che era sempre disposta a fare.

Il suo unico obbiettivo di vita era dare al bambino tutto ciò che lui avrebbe avuto in una famiglia cosiddetta "normale". Si dimenticava, però, che molte volte la sua sola presenza avrebbe dato molto di più al piccolo che qualsiasi guadagno. Per il calore di un nucleo familiare, il sapersi e sentirsi appartenenti a una famiglia, non c'è prezzo.

Così, Eva si sentiva molto in colpa per il troppo lavorare. Principalmente in situazioni particolari come questa:

«Ciao, mamma. Il fatto che mi telefoni, non mandandomi un messaggio, già mi preoccupa.»

«Infatti non volevo preoccuparti…»

«Ma quando mi chiami non è mai per raccontarmi qualcosa di buono, ultimamente. Che è successo?»

«Nulla di serio, ma Matty ha di nuovo la febbre.»

«No, dai, ti prego! Non ne posso più di problemi, te lo giuro.»

«Te l'ho già detto. Dovresti ripensarci a tutto questo tuo lavorare. Non so se lo fai per dare un futuro migliore a tuo figlio, o se per sfuggire dalle tue responsabilità di mamma, così come ha fatto Jorge.»

«Mamma, per favore. Non ti ci mettere pure tu, che già ne ho abbastanza.»

«Ok, scusa, ma dovresti capire che tuo figlio ha più bisogno di te che dei soldi che porti a casa alla fine del mese. E tutto sommato, non è così tanto da compensare la tua mancanza.»

«Mamma!»

«Devi ascoltare la verità, Eva.»

«E ti pare che sia questo il momento? Io sto lavorando, Matty ha la febbre, e tu mi stai facendo la ramanzina, analizzando la mia situazione e la mia vita di merda, pur sapendo quanto mi senta già in colpa per tutto questo…»

Silenzio totale. Nessuna parola o risposta.

«O mi stai dicendo queste cose perché ti sei stancata di guardare Mattia e vuoi riavere la tua vita?»

«Non ascolto le tue provocazioni. Mi stai accusando a vuoto, perché io dedico la mia vita a Matty, lo sai bene. Dovresti farlo anche tu.»

«Ed è così. Ma in modo diverso: io lavoro per dargli tutto quello che vuole e anche quello che compri per lui.»

«Sei ingiusta. In questo modo, vuoi solo sopperire alla tua assenza. O la tua figura di madre stessa?»

«Mamma, basta. Abbiamo già avuto abbastanza di questo argomento, non ti pare? Poi, ti sembra proprio il caso di discuterne adesso che sono al lavoro?»

«Ok. Allora vado al sodo: Mattia ha quasi 39 di febbre. Sicuramente gli fa male l'orecchio di nuovo, perché lo tocca spesso con la manina e piange. Dimmi cosa devo fare.»

«Nulla. Torno subito a casa.»

«Decisione saggia. E dovresti pure rimanerci.»

«A dopo, mamma.»

NICOLE E RILLEY

Il curriculum interessante

«Il suo curriculum è molto interessante», commentò con sincerità.

Si sentiva quasi compiaciuto ad avere quei fogli in mano. Quella scelta avrebbe avuto riflessi anche per la sua carriera nella Sagar. Era sicuramente un buon risultato anche per lui.

Rilley era particolarmente esigente nel proprio lavoro, e durante quel colloquio sapeva di doverlo essere ancora di più. In fin dei conti, il futuro aspetto, nonché le condizioni lavorative dei dipendenti della Sagar, passava anche dalle sue mani. Il Signor Santiago del Castro l'aveva incaricato di occuparsene e di essere personalmente responsabile per quella grande riforma.

Stava scegliendo la persona che aveva nelle sue mani il compito di cambiare una famosa e importante casa editrice del mercato a livello internazionale, di cui il *modus operandi* era appena stato drasticamente trasformato. Era diventato molto di più di un'occupazione o un lavoro; quasi una filosofia di vita.

Oltretutto, doveva assumere un interior design nel minor tempo possibile, così come gli era stato richiesto. Ma non era intenzionato a cercarne altri.

«Non è facile trovare qualcuno con una notevole esperienza pregressa come la sua. È molto avvincente per la figura che stiamo cercando», affermò, inchiodandola con lo sguardo.

«Grazie. Ho studiato molto per diventare interior design. È stata la mia passione da sempre», asserì con il sorriso con cui si era esercitata parecchie volte davanti allo specchio del bagno di casa.

La posizione che aveva assunto sulla poltrona, studiata anche quella, dimostrava sicurezza. Anche se era completamente a suo agio, le sue risposte, ancorché di circostanza, erano sempre accompagnate dal sorriso timido e leggermente impacciato, tipico di Nicole.

La sua intenzione era simulare un'espressione controllata, perciò, tutte le sue risposte dovevano essere trincerate dietro all'atteggiamento atteso, oltre che politicamente corretto. Non poteva sbagliare.

Rilley mormorò quello che stava leggendo quasi per ammirazione.

«…corsi a Milano…»

«Corsi a Milano?», ripeté Nicole fingendo di non aver compreso. Si sentì presa in contropiede.

«Sì, i corsi che lei ha fatto di specializzazione. Sto rileggendo il suo elenco…»

«Ah, giusto, mi scusi», inarcò un sopracciglio. «Pensavo che lei stesse parlando dei corsi che avrei dovuto ancora fare…»

Il commento sembrò un tantino strano al responsabile della grande riforma. Rilley distolse gli occhi e l'attenzione dallo storico lavorativo e dalle esperienze elencate per scrutare la ragazza minuta seduta davanti a sé.

Quel curriculum, ritenuto decisamente importante, era stato scelto con molta cura. Leggendolo, in mezzo a tanti altri ricevuti, si distinse perché, in effetti, i dati erano notevoli. Rilley si incuriosì. Inviò una e-mail, chiedendo la presenza per un colloquio proforma, non sapendo che il messaggio sarebbe arrivato direttamente alla cassetta postale di Mafalda, che aveva organizzato tutto come pianificato: Nicole doveva solo presentarsi. Così fu.

«Leggo che ha contribuito anche come editor per importanti riviste del settore. Molto interessante anche questa sua competenza, dato che siamo una casa editrice che ha forgiato il proprio marchio sulla qualità. Credo che la sua esperienza, nell'insieme, possa essere determinante per realizzare l'ambiente che vogliamo creare. Allora, vorrei avere una sua idea iniziale di progetto, giusto uno schizzo o una bozza. Dunque, lei è assunta, Signora… Minetti?»

«Zi. Zinetti. Magari! La Minetti è quella famosa.» Cercò di dimostrare *nonchalance* nello scherzo, in modo contenuto. «Magari», ripeté a sé stessa a voce più bassa.

«Mi scuso, signora. Quindi, dato che ora saremo colleghi, la chiamerò per nome», disse allungando il braccio per stringerle la mano. «Benvenuta alla Sagar, Nicole Zinetti.»

«Grazie, Signor Rilley! Lei non immagina quanto io sia contenta per questo lavoro, che è più che un'opportunità per me, mi creda.» Sorrideva per la liberazione. Se qualcosa fosse andato storto al colloquio, Elenia non l'avrebbe perdonata.

«Siamo noi a ringraziarla per aver scelto di lavorare con noi, dandoci la sua priorità. Sono sicuro che lei, con l'esperienza dimostrata, farà delle ottime cose per la casa editrice. E noi avremo l'ambiente rivoluzionario che stiamo cercando in un battibaleno, almeno lo spero», confidò il responsabile.

Quella contrattazione era particolarmente importante per lui. Poteva anche essere decisiva per il suo futuro nell'impresa.

«Allora buon lavoro, Nicole. Da adesso in poi, tutta la Sagar è nelle sue mani…»

«Non la deluderò, Signor, Rilley!», rispose la donna stringendo le sopracciglia, in segno di sincera preoccupazione.

EVA E MATTY

Eva arrivò in ospedale meno di un'ora dopo quella dura conversazione con sua madre.

Ancora scombussolata, rifece tutte le procedure fatte neanche due settimane indietro per le cure del figlio: arrivò al pronto soccorso, a causa della febbre alta di Matty, che fu immediatamente indirizzato al reparto di medicina generale. Era già tardi e i medici specialisti avevano già finito il turno.

Tutto molto simile alla prima volta che aveva percorso quel reparto, tranne che per le sue aspettative: attraversò il lungo corridoio con la speranza di ritrovare *quel* dottore.

Entrare negli ospedali le causava sempre un gran sconforto. Stranamente, però, camminando nel lungo e freddo corridoio, non percepiva nulla che la facesse sentire inquieta o ansiosa come succedeva di solito. Neanche la febbre di Mattia: era alta, sì, ma confidava che tutto sarebbe stato sotto controllo. Solo a lei sembrava di sfuggire il controllo delle emozioni.

Arrivò alla reception e parlò con la stessa infermiera della prima volta.

"Che sia questo un buon segno", si augurò. «Speriamo che ci sia anche lo stesso *dottorino*…»

Laura prese il foglio con il quale Eva era arrivata dal pronto soccorso e sparì immediatamente, entrando in una delle sale del reparto.

«Prego… venga. Il dottore la sta aspettando», comunicò l'infermiera senza farla aspettare troppo.

Eva entrò senza accorgersi che stava stringendo la mano del figlio.

«Mamma, mi stai facendo male…»

Non ebbe tempo di rispondere. Il suo cuore iniziò a battere forte.

«Ehi, campione – che è successo? Non mi dire che sei bollente di nuovo. È questo il tuo superpotere di oggi?», scherzò Rodrigo, dando i pugni con Mattia, che aveva poca voglia di scherzare.

Il medico si fece serio quando guardò la mamma del bambino, salutandola subito dopo con un bel sorriso sulle labbra.

«Ciao Eva! Quando ho detto che ci saremmo incontrati di nuovo, non intendevo per Mattia in ospedale…»

«*Dottore*! Non puoi immaginare quanto sono contenta di rivederla», dichiarò Eva, senza nascondere la luce negli occhi.

Rodrigo le avrebbe chiesto di ripetere quel "dottore" fino all'infinito, se avesse potuto.

«Che è successo? Non sarà l'orecchio di nuovo?», domandò, rivolgendosi al piccolo.

«Purtroppo sì», decretò la mamma con fare preoccupato.

«Allora vieni qui che andiamo subito a vedere quel che non va…», disse a Mattia mentre lo distendeva nel lettino.

«Ti fa male qui? E qui?…» chiedeva, toccandogli punti specifici della testa e collo.

Rodrigo lo visitò e non ebbe bisogno di più di un minuto per comprendere cosa lo stesse affliggendo.

«Ancora otite, Eva», sentenziò.

«Ma, *dottore*… possibile che…»

Rodrigo la interruppe.

«Non è quello che sta pensando. È guarito nel primo trattamento, ma le infiammazioni all'orecchio tornano, e in questo caso può trattarsi di una otite ricorrente.»

«Otite ricorrente? Mai sentito prima…»

«Bisogna capire perché è tornata per non farla diventare cronica.»

«O Dio, no, *dottore*…»

Ogni volta che Eva lo ripeteva, aumentava in Rodrigo il desiderio di conoscere meglio quella donna.

«Non succederà, stia tranquilla. L'ho detto solo per precauzione. Intanto riprendiamo la cura della prima volta; adesso, però, voglio anche aggiungere un farmaco diverso. Nel frattempo, prenda un appuntamento con un otorino. Bisogna escludere tutte le cause per non avere problemi o complicanze.»

«Quanto gli sono grata, *dottore*…»

Rodrigo si sedette e si mise a scrivere sul foglio di uno dei blocchetti poggiati davanti a sé. Lo staccò e lo consegnò a Eva.

«Ecco la ricetta.»

Lei lo prese e lo piegò a metà per metterlo subito in borsa.

«Se lei me lo permette, le devo un dolce quando passerà al bar. Ma senza panna. Promesso.»

«Allora volentieri…»

Rodrigo si abbassò, aprì un cassetto e prese un cartoncino rettangolare bianco.

«Eva, senti…», la donna provò un brivido nell'udire il suo nome pronunciato con tanta intimità. Non se lo aspettava. Con quelle parole, sembrava che lui stesse cercando di avvicinarsi. Lei distinse chiaramente il tono diverso con cui aveva parlato un secondo prima come medico.

«Accetta il mio numero privato e non farne una questione di principio, per favore. Se hai bisogno, chiamami, per qualsiasi cosa…»

Doveva essere soltanto la consegna di un bigliettino da visita. Ma non lo era. Sarebbe stato semplice anche prenderlo, ma non fu così.

Eva guardò Rodrigo negli occhi e lo afferrò, ancora un po' sconcertata. Capì perfettamente il motivo per cui il medico le stava consegnando il numero del suo cellulare. Nulla c'entrava con la malattia di Matty. Lo sapevano entrambi. Non le sembrava vero che l'uomo che lei desiderava tanto facesse quel gesto verso di lei.

Il momento si trasformò in un fiume di emozioni. Provò a dire la prima cosa che le arrivò in mente.

«Lei è così razionale e così sensibile…»

«Una cosa non esclude l'altra…»

«Perché mai mi sento sempre in debito con lei?»

«Perché mi dovrai servire un dolce senza panna, deduco… ci sono andato vicino?», cercò di scherzare, ma la donna non sorrise.

«Sì, *dottore*, molto più di quello che credi…», confessò guardandolo ancora più profondamente negli occhi.

Lui rispose allo sguardo con la stessa intensità, ma cercò di togliersi da quel momento di confidenza parlando con il bambino subito dopo.

«Dai campione, forza! Non è nulla. Fai tutto come ti dice la mamma e starai bene in fretta, d'accordo?»

Anche Eva cercò di affievolire l'atmosfera creatasi.

«Matty, dammi la manina, su! Saluta il dottore che andiamo via…»

«Rimettiti presto, campione. E torna pure, ma solo per salutarmi, intesi?»

Eva era ancora un po' frastornata, scossa per le parole di Rodrigo che non si aspettava minimamente. Allo stesso tempo, però, provava una gran gioia, immaginando quante donne avrebbero voluto trovarsi al posto suo in quell'istante.

NICOLE ZINETTI

Un lavoro diverso

Poter entrare alla Sagar non più come visitatore ma come dipendente faceva un certo effetto a tutti. Anche alle persone a cui non piaceva leggere, come a Nicole, ad esempio. Nessuno dubitava dell'importanza di quella casa editrice.

Elenia aveva dovuto licenziarla perché, nella pratica, lei doveva avere tutte le carte in regola per essere assunta nel nuovo impiego. Nicole era impensierita e spaventata nello stesso modo. Aveva consegnato molto di più della sua vita lavorativa nelle mani di Elenia. Quel suo gesto di complicità le stava sicuramente rovinando le giornate.

«Sarà lei così indulgente, al punto da riprendermi di nuovo quando il mio *lavoro* qui alla Sagar finirà? Avrò di nuovo il mio posto alla Solo Lettere?» Queste domande le consumavano tutta l'energia. Non pensava ad altro.

Come di sicuro non aveva mai pensato di fare l'interior design o la grafica, cosa che tutto sommato le riusciva con non poche difficoltà e imprecazioni. È vero che consegnava lavori che sembravano piacere a Elenia Giusti, ma solo i cieli sapevano come. Si augurava che lo stesso succedesse lì, adesso, alla Sagar.

Si ritrovava come dipendente alla Sagar per una delle idee strampalate di Elenia, ma era pur vero che era anche una gran bella opportunità per lei. Poi, se un giorno avesse dovuto proprio tornare alla Solo Lettere… molte cose sarebbero dovute succedere prima. Quindi, meglio non pensarci e cercare di mantenere la testa fredda e ben salda al momento presente. Godersi l'istante.

Non era stato semplice nemmeno mantenere la tranquillità che aveva dimostrato per tutta la durata del colloquio con Rilley, un uomo molto scrupoloso e attento il sufficiente per non farsi sfuggire nessun dettaglio. Aveva avuto l'impressione che lui stesse leggendo il suo curriculum tra le righe, scritto a doc per l'occasione da chissà chi.

Erano state ricompensate le ore passate a studiare e memorizzare tutte quelle voci non vere, che aveva letto con tanto di stupore, quando aveva ricevuto il proprio curriculum direttamente dalle mani di Elenia.

Comunque fosse, chi l'aveva scritto aveva fatto un buon lavoro, perché si era portata a casa il risultato sperato: iniziava domani a lavorare come dipendente a contratto determinato per la Sagar.

Ciononostante, non aveva ben capito, però, che tipo di modifiche sarebbero state implementate alla casa editrice. Ma da come le riferì Rilley, sembravano importanti. Come avrebbe fatto a creare l'ambiente che sembrava essere il cuore di tutte quelle modifiche, non poteva al momento neanche immaginarselo. Né poteva pensarci, adesso. Erano troppe preoccupazioni da mettere a fuoco tutte assieme.

In mezzo a tante apprensioni, il suo pensiero principale era uno solo:

«Ma che cavolo mi metterò domani?»

* * *

Nicole arrivò alla Sagar dopo le ore nove.

Pensò di prendere la metro, per evitare il caos del traffico di São Paulo, e invece si trovò bloccata in quel vagone, senza motivo apparente.

I passeggeri rimasero in silenzio tombale all'interno del tunnel di una delle linee più importanti della metropoli brasiliana per pochi minuti, ma che a lei sembrarono interminabili, così come sicuramente per le altre persone rimaste incastrate in quel mezzo. Le megalopoli non perdonano all'ora di punta.

Iniziò a divagare.

Se il progetto che stava per creare fosse stato ben accetto, avrebbe avuto maggiori chance di non fare più la grafica per tutta la vita – la sua preoccupazione maggiore. Il suo vero incubo, a quel punto.

Poi, se fosse riuscita a realizzare un progetto veramente interessante, magari avrebbe potuto anche restarci. La sua vita lavorativa era diventata un salto nel buio, sì, ma lei credeva di intravedere già qualche luce.

Avrebbe cambiato certamente la Sagar e, forse, anche la propria vita. Bisognava solo capire se le sarebbe piaciuto svolgere quel ruolo. Almeno sarebbe sembrato senz'altro molto chic e meno monotono parlare della propria occupazione.

«Interior designer, per di più alla Sagar. Potrò pure permettermi un po' di presunzione, no?» Il suo ego cresceva sempre di più.

Pensò che probabilmente non sarebbe bastato soltanto inserire qualche libro in un vecchio frigorifero bombato con maniglione stile anni 50 o delle piante in un armadio per fare un buon lavoro.

La Sagar non era la Solo Lettere. E da quanto le era sembrato di primo acchito, nemmeno quel tale che le aveva fatto il colloquio non aveva nulla a che fare con i modi o gli atteggiamenti di Elenia Giusti.

«A proposito. Come si chiama quel tizio?»

Nicole era una di quelle a cui i nomi sfuggivano sempre. Combinava sempre qualche brutta figura ogni volta che doveva ripetere il nome di qualcuno appena conosciuto. Ricordarsi i nomi altrui non era mai stato il suo forte.

«Dai, Nicole, che questa volta non puoi sbagliare», disse a sé stessa a voce alta. «Ah! Brava. Si chiama Regan…»

* * *

Provò un "sono mortificata per il ritardo" con tutte le tonalità che la sua voce permetteva, ma quando capì che ai dipendenti era stato abolito l'orario imposto 9-18 per lavorare, il suo sollievo fu davvero indescrivibile. Non le sembrava vero tale regola.

Si stava ancora riprendendo, cercando di entrare nel ruolo della sua nuova realtà, quando riconobbe il viso della persona che le stava venendo incontro. Lo trovò nel corridoio mentre stava andando da lui per dare inizio al suo grande progetto.

«Ah, buongiorno Signor Ronald! La stavo proprio cercando…»

«Buongiorno, Nicole. Ma sono Rilley…»

«Oh, mi scusi», si corresse, arrossendo. «La mia memoria non mi aiuta molto con i nomi… è pessima e mi fa fare solo delle brutte figure come questa, ad esempio… che sbadata! Sono pure un po' in ritardo.»

«Non ti preoccupare. Non abbiamo più gli orari fissi di lavoro. Vieni con me. Voglio presentarti la persona che può aiutarti in questo inizio, dandoti tutte le informazioni di cui avrai bisogno. Andiamo da lei. È una ragazza molto dolce e preparata. Ti piacerà di sicuro, vedrai», completò la frase con tono rassicurante.

Nicole non poteva credere ai propri occhi quando lesse il nome stampato in rilievo nella targhetta argentea appesa sulla porta dell'ufficio. Delle due una: o il destino aveva deciso di darle una mano, e pure grossa, oppure lei era nel posto giusto al momento giusto.

O forse tutte due.

MARIA JACQUELINE PELLEGRINI

L'assistente editoriale instancabile

Nulla distraeva Jacqueline mentre lavorava. Eccetto quando si sentiva un po' insicura.

Il pensiero che la turbava spuntava sempre, anche nei momenti peggiori, e in modo molto insistente. Riconosceva che il suo "overthinking", come una volta lo definì Tiziano, non si era affatto attutito. Il suo ex ragazzo poche volte aveva avuto ragione o le aveva detto qualcosa di sensato. Quella sicuramente era l'eccezione.

Iniziò a essere pensierosa perché Rodrigo non era mai a casa. Stavano bene insieme. Non aveva un motivo apparente per essere preoccupata. Ma essendo una ragazza molto intuitiva, qualcosa la turbava, e non era solo l'assenza del suo fidanzato.

Ripassando con la mente tutto ciò che aveva fatto, e principalmente non fatto, che potesse in qualche modo averlo allontanato, il suo primo pensiero fu che non gli aveva ancora dato una risposta alla sua proposta di abitare insieme. Ecco, forse aveva trovato il motivo del suo turbamento.

Ci pensava mentre sorseggiava il caffè a piccoli sorsi, quasi uno dopo l'altro. Decise che l'unica cosa da fare era parlargliene quando una voce, maschile e familiare, all'improvviso la tolse da quella specie di trance nella quale i suoi molteplici pensieri l'avevano portata.

«È permesso?», chiese Rilley entrando nel suo ufficio, con un sorriso che a Jacqueline faceva sempre piacere rivedere. «Voglio presentarti una persona. La donna che rivoluzionerà la Sagar con il suo lavoro di interior design: Nicole Zinetti.»

Jackie ripiombò di colpo nella realtà, mentre a Nicole non sembrava vero. Non si aspettava di conoscerla digià. Non era preparata a quell'incontro. Trovarsi inavvertitamente davanti alla donna che le stava cambiando la vita fu qualcosa che non seppe spiegarsi. Era lì per cercarla e, all'improvviso, le era apparsa davanti.

La nuova arrivata guardò Jacqueline negli occhi. «Ah…», rispose con un lieve disappunto. Non ebbe modo di evitarlo. Provò qualcosa di strano al petto. Era un "non so che" che le pesò all'improvviso.

Nello sguardo di quella ragazza vide qualcosa che la turbò profondamente. Avvertiva ancora quel fremito imprevisto. Quella sensazione non le piaceva. Non era una stretta. Un misto di rimorso e pentimento che non le apparteneva quando decideva di concretizzare un suo sogno o desiderio. Si sentì al tempo stesso colpita e intimidita. Voleva imparare dai migliori e subito intuì che la migliore era proprio lei: Maria Jacqueline Pellegrini.

Bisognava subito ritrovare la freddezza e imperturbabilità riservate alle grandi occasioni – o pasticci –, esattamente come quello avuto durante il colloquio di qualche giorno prima.

Ignaro di tutto, Rilley andò avanti con le presentazioni.

«Il suo curriculum è notevole e non potevo lasciarla sfuggire», affermò con inconfutabile vanto.

«Allora benvenuta, Nicole – sarà un vero piacere per noi lavorare con una persona che possiede delle qualità che impressionano anche il nostro manager generale. Se ci sei riuscita, complimenti in anticipo. Vedrai quanto lui è scrupoloso nel suo lavoro», commentò, guardando Rilley con compiacimento.

Nicole era talmente a disagio che, quando distese il braccio per stringere la mano che la ragazza le porse, sbatté nel suo bicchierino di caffè e per poco non glielo rovesciò addosso. Jacqueline iniziò a ridere per lo spavento.

Pensò che la sua vera prima mission, quella di guadagnarsi la sua amicizia e, perché no, anche la sua fiducia, per molto poco non era già fallita.

«Molto piacere, Jacqueline», disse sinceramente. «Sarà bello lavorare con te e spero che potrai darmi tutte le informazioni di cui avrò bisogno», concluse con un moto di sincerità che per un attimo prevalse sull'ambiguità del suo scopo. Il suo atteggiamento si ammorbidì senza che lei se ne accorgesse.

«Piacere mio. Puoi contare su di me per qualsiasi cosa. Sarò al tuo fianco tutte le volte che avrai bisogno o lo vorrai.»

«Ti ringrazio veramente. Questo è tutto ciò che desidero…»

Jacqueline non aveva detto solo le frasi di rito. Era e continuava a essere la ragazza premurosa per il suo lavoro, volenterosa di fare le grandi cose di sempre. Poter essere utile e disponibile non solo era una delle sue intrinseche qualità. Apparteneva di già al nuovo *work concept* implementato alla Sagar: un ambiente di lavoro condiviso per lo scambio di conoscenze.

Questo, ovviamente Nicole non poteva immaginarlo. E il modo – rispettoso – con cui era stata trattata dalle persone che da quel momento in poi sarebbero state i suoi colleghi di lavoro, la portò a pensare che la sua vita sarebbe stata molto diversa con quella gente. Principalmente con Jacqueline, il suo bersaglio: aveva qualcosa di speciale che Nicole ancora non si spiegava. I suoi modi e la luce che aveva negli occhi la intimidivano e al tempo stesso la contagiavano.

«Perfetto. Allora si inizia», decise di non farsi intimorire e cominciò subito a indagare. «Magari puoi farmi vedere gli ambienti in cui andrò a lavorare? Non vedo l'ora…»

«Immagino… hai un lavoro molto importante da realizzare, qui; spero che tu te ne sia accorta. La nuova Sagar avrà il suo *modus operandi* radicalmente cambiato per offrire condizioni ottimali a tutti i dipendenti che, di conseguenza, potranno offrire, a loro volta, la massima qualità nel lavoro, implicita nei libri che pubblichiamo. Tutto questo è nelle tue mani. E io ti sarò di aiuto, se ne avrai bisogno.»

Ciò che Nicole aveva appena udito le pareva surreale. Stentava a crederci. Questa non era la fortuna del principiante.

Era fortuna vera e propria.

EVA

Una mamma sola. Una donna libera

«Dottore, mi deve scusare tanto. Non volevo disturbarla… sono la madre di Mattia, il bimbo che…»

«Ciao Eva!» Rimase sorpresa che lui si ricordasse il suo nome. Quel saluto era inconfutabile. «Tuo figlio non sta bene? Ha la febbre ancora?»

Allora non era solo una sua impressione. Lui non solo si ricordava di lei, ma aveva un tono confidenziale che gliela fece sentire molto vicino. Capì allora anche che quella alternanza nel darle del tu e lei non era un mero caso.

«No, ringraziando Iddio è migliorato molto grazie al trattamento che lei gli ha prescritto. Ma volevo portarlo da un otorino di fiducia ₋ giusto per evitare ulteriori problemi. Ho pensato che lei potesse raccomandarmi uno bravo. Mi scusi se la disturbo in questo momento…»

«Non ti preoccupare, non mi disturbi affatto. È stata una piacevole sorpresa ricevere la tua chiamata.»

«Ero molto combattuta se chiamarla o meno…»

«E invece hai fatto proprio bene.»

«Grazie! Sinceramente ho aspettato qualche giorno, sperando di rivederla al bar. Siccome lei non è passato…»

«In effetti volevo passare, ma ultimamente le ore di lavoro che sto facendo oltrepassano qualsiasi limite umano; sono diventate quasi indegne.»

Rodrigo mentì. In realtà stava aspettando una sua chiamata. Le aveva consegnato il suo numero con quell'intenzione. Entrambi erano ben consapevoli che Mattia non era il vero motivo per il quale stessero parlando.

«Ho un amico molto bravo. Lui è uno pneumologo, ma può trattare tuo figlio perfettamente. Ti invio subito il suo numero e digli che sono stato io a mandarti. Anzi… visto che lo vedrò a breve, lo avverto che tu lo contatterai. Si chiama Ferrara.»

«La ringrazio, *dottore*. Non sa quanto ciò significhi per me…»

Un fremito percorse Rodrigo. Quella donna gli trasmetteva qualcosa di molto forte, e il modo in cui lei proferiva quel termine, la sua professione, gli scatenavano un sussulto di fantasie.

Si sentiva molto attratto da Eva. Era una donna sensuale e sprigionava un'energia, un fuoco di piacere, che per lui era incontenibile.

JACQUELINE

Sempre lei, semplicemente lei. Jackie

Rodrigo non ebbe il tempo di inviare il numero a Eva che vide arrivare un'altra chiamata.

«Non ti posso parlare adesso che sto andando in intensiva», affermò senza nemmeno salutare la fidanzata.

«Perché me lo dici così?»

«E come dovrei dirtelo? Sono quasi alla porta blu che separa quei ricoverati del resto del mondo. Sto seguendo un caso con Ferrara e valuteremo insieme se possiamo rimandare il paziente in reparto. Questo posto ci rimanda alla dura realtà…»

«Ma non per questo devi essere così brutalmente duro con me.»

«È solo un momentaccio. Tutto qui. Dimmi.» Quel tono assertivo la inquietò e, a tratti, la spaventò.

«Nulla. Non ti preoccupare. Volevo solo sentirti.»

«Ora mi devo concentrare sul signor Lombardi. Parliamo dopo, ok?»

Jacqueline aveva imparato a fidarsi della sua intuizione con il passare del tempo. Non furono le parole di Rodrigo a confermarle che ci doveva essere proprio qualcosa di diverso, ma il tono con cui le parlò: non era stato mai così freddo con lei. Incisivo in quel modo… mai. Tanto che sentì il bisogno impellente di parlargli.

Era sicura che stesse succedendo qualcosa di importante. E bisognava scoprirlo. Subito.

JACQUELINE E RODRIGO

Soltanto una cena

«Stiamo insieme? Cena da me o da te? Ti volevo parlare.»

«In realtà, mi trovo in una situazione piuttosto complicata. Ho talmente tante di quelle cose da fare qui al lavoro che non so se riesco...»

«Capisco, ovviamente. Ma sei un po' distante in questi ultimi tempi. Va tutto bene tra noi?»

«Non c'entra nulla con noi. È il lavoro che sta assorbendo tutto il mio tempo ed energia.»

«Lo so che ti stai impegnando tanto, ma sento che c'è qualcosa di diverso. Sei stato veramente molto occupato ultimamente, o mi stai evitando, in qualche modo? Perché è questa l'impressione che mi dai...»

«Hai ragione. Forse mi sono allontanato senza accorgermene. Mi dispiace se ti sei sentita trascurata.»

«Voglio solo ricordarti che sono qui per te, anche se non c'è bisogno che te lo dica. C'è qualcosa che ti sta preoccupando?»

«No, amore, nulla. Prometto che passeremo più tempo insieme, appena avrò terminato questa fase intensa di lavoro.»

«Non vedo l'ora. Tu sei importante per me, lo sai.»

«Te l'ho detto. È solo il lavoro. Ho avuto molto da fare», abbassò lo sguardo, cercando di nasconderlo, anche se lei non lo vedeva perché parlavano al telefono. «Comunque, mi avevi detto che mi volevi parlare...»

«Già… passando a un altro argomento, rimasto in sospeso, volevo dirti che stavo pensando alla tua proposta.»

«Quale proposta?»

«Quella di andare a vivere insieme. Non abbiamo ancora parlato a riguardo. Sembrava non fosse necessario, dal momento che viviamo come se stessimo già insieme. Invece vorrei dirti che non mi basta più incontrarti solo per cena, dopo cena o nei weekend. Voglio svegliarmi e condividere ogni giorno della mia vita con te…»

«Jacqueline, non è questo il momento.»

«Va bene. Ma dimmi solo una cosa. Che è successo? Hai cambiato idea, per caso? Non vuoi più stare con me?»

«Non è così. È solo che non so cosa dirti. È una fase temporanea. Devo chiarire alcune cose prima di decidere.»

«Mi sembravi così sicuro, invece. Per caso ti ho deluso?»

«Non ho cambiato idea, te l'ho già detto. È solo che prima ero più convinto, ora non tanto.»

«Cosa ho fatto per farti cambiare idea?»

«Niente. Tu non hai fatto proprio nulla. Sono io che mi sento confuso.»

«Allora non è solo il lavoro. Che c'è? Parlami…»

«Non è niente.»

«Questo niente per caso ha un nome? Sarebbe… Louise?»

«No. Non so nulla di lei. Penso sarà felice della sua vita a Boston.»

«E tu? Sei felice?»

«Sì, cioè, non lo so. Ecco perché non posso prendere una decisione ora. Devo chiarire alcune cose prima.»

«Hai conosciuto un'altra donna che ti interessa, Rodrigo? Sii sincero.»

«Sì.»

Jacqueline non riuscì a dire altro. Dopo un lungo silenzio, chiese: «Ma voi…»

«No, non sono stato con lei, se è quello che vuoi sapere. Ma questa donna mi sta coinvolgendo e ora non so cosa fare...»

«Adesso sì, che sei sincero con me. E percepisco pure che ci deve essere qualcosa di importante tra di voi, altrimenti non mi parleresti così.»

«Cerco solo di essere onesto con te.»

«Ci sono modi migliori; mi stai ferendo.»

«Ecco perché non volevo dirti niente. Ma mi hai chiesto...»

«Proprio per questo. Se non ti avessi chiesto nulla, fino a che punto saresti andato avanti con me e con lei contemporaneamente?»

Nessuna risposta.

«E io che stavo già pensando di fare spazio nel mio armadio per te...»

«Te l'avrei detto.»

«Sicuro? Quando? O è per questo che mi evitavi?»

«Jacqueline, sono al lavoro. Ora devo staccare.»

«Va bene. Ma dobbiamo ancora parlare di alcune cose. Anzi, molte, da quel che mi sembra.»

«Certo che sì. Non voglio perderti. Ti amo!»

«Mi pare che tu sia davvero confuso – hai appena detto che hai conosciuto un'altra donna ma dici che mi ami... è difficile capirti in questo modo, Rodrigo.»

«Ho solo bisogno di chiarirmi le idee. Tutto qui.»

«Significa che devi conoscere quest'altra donna per decidere tra me e lei?»

«Più o meno...»

«Sì o no?»

«Sì. Ho bisogno di conoscerla per decidere cosa fare. Ma ora devo attaccare veramente. Laura mi sta chiamando.»

«Perché non ci vediamo quando torni a casa?»

«Non posso prometterlo...»

«Perché? Vi incontrerete?»

Rodrigo non rispose.

«Va bene, ho capito. So già quello che farai. Ma se andiamo avanti così ci perderemo per strada…»

«Non mi perderai.»

«Ne sei sicuro?»

«Ciao, Jackie. Domani parliamo… ti amo.»

E quella volta fu Maria Jacqueline a non rispondere.

NICOLE

All'improvviso, l'interior designer

Nicole si armò di qualche rivista famosa di arredi da interno, visto che in quel campo ne capiva tanto quanto di grafica. Dopo averne sfogliate un po', credette di aver compreso almeno da dove iniziare per creare un progetto così importante dal nulla. A malapena si tranquillizzò.

Ripensava spesso a come era andato il suo lavoro alla Solo Lettere; aveva già fatto la stessa cosa precedentemente.

Se era riuscita, allora, a scaricare un programma che mai aveva sentito nominare, e a studiarne i dettagli, altrettanto sconosciuti per lei, adesso che doveva solo guardare le foto per avere delle idee di come allestire qualche mobile qua e là, non sembrava un compito del tutto impossibile. Eppure c'era un problema non di poca importanza in questa sua nuova veste e lavoro: le aspettative per il risultato finale della sua creazione.

Non bisognava essere una persona dotata di un elevato grado di sensibilità per intuire quanto si aspettassero dal suo progetto. Le sembrò di capire che l'intera fase di modifiche nella Sagar sarebbe dipesa e passata tramite l'ambiente creato da lei.

In realtà non si sbagliava. Il Signor Del Castro voleva proprio offrire un'atmosfera sana, rilassante, ma allo stesso tempo professionale, di design, confortevole, e soprattutto bella.

«Dalla padella alla brace», mormorò Nicole sfogliando una delle riviste che aveva portato con sé.

«Devo farmi trovare psicologicamente pronta a tutto. Anche al peggio; mi eviterà un sacco di delusioni. Che il cielo mi aiuti.»

Prese anche qualche spunto che trovò interessante in un articolo di interior design letto in Internet. Proprio in quel numero c'era una materia di arredamento che richiamò la sua attenzione per le importanti osservazioni descritte nell'articolo: "Consigli utili per decorare dalla *a* alla *zeta*".

Non era compito suo allestire quelle sale come avrebbe fatto per una residenza, ma dal momento che lo spazio doveva "sapere di casa", almeno così le era sembrato di capire, quell'articolo faceva proprio al caso suo.

Dopo il colloquio, si era messa davanti al suo cellulare e aveva googlato *"kit interior design"* per scoprire cosa doveva avere per sembrare una professionista credibile.

Stipulato un piccolo elenco, era andata a comprare tutto il necessario in un negozio vicino casa sua a poco prezzo. Dato che non aveva speso nemmeno la metà della cifra destinata alla spesa, aveva acquistato anche una vistosa e comoda cartella. Era vistosa, di impatto. Faceva il suo dovere. Sembrava anche molto rispettabile. Si sa, il proverbio "l'abito non fa il monaco" a volte, non serve. La buona impressione conta sempre.

La borsa era anche capiente quanto bastava per inserire gli strumenti dell'elenco: rotella metrica ("serve sempre", ponderò); metro estensibile ("ma non basta la rotella?"); blocco di carta ("per gli appunti, ma anche per prendere nota di qualsiasi cosa faccia o dica Jacqueline"); mazzetta colori ("inutile, ma la prendo ugualmente"); livella laser multiuso ("molto scenica, se non altro"); misuratore laser. Iniziò a rendersi conto di quanto dovessero essere precisi i suoi calcoli.

Nell'elenco c'era anche un articolo che non considerò nemmeno.

«Fotocamera?», lesse a voce alta. «Bah!», esclamò. Non ne capiva l'utilizzo. Era sicura che le potesse bastare quella del cellulare.

Considerò definitivamente finita la propria ricerca. Secondo lei, non c'era bisogno di altro per il suo nuovo impiego.

Lo spazio da ristrutturare in questa prima fase erano due sale, piuttosto spaziose. Osservandole, Nicole pensò che un vero interior designer potesse veramente sbizzarrirsi.

Lei, nel suo piccolo, ma in tutta libertà, avrebbe avuto spazio addirittura per inserire il frigorifero pieno di libri o l'armadio con dentro i vasi di piante che aveva inizialmente pensato. Le sembrava ancora un'idea a dir poco geniale.

Eppure, qualche idea molto più seria e intrigante già le stava balenando in mente. Probabilmente un po' troppo audace, ma certamente avrebbe potuto accontentare un po' tutti. D'effetto, senza dubbio.

Prese la rotella e cercò di prendere qualche misura qua e là tanto per, anche per puro trastullo, senza minimamente ragionare che, presto, avrebbe dovuto anche pensare alla quantità di materiale quando fosse arrivato il momento di fare gli ordini.

Però, per quanto ci provasse, non trovava il modo per fissare quel nastro resistente della rotella metrica che insisteva ad arrotolarsi, ritornando sempre al punto di partenza con una velocità incredibile.

«Ma come fanno a usare questi aggeggi tutto il giorno?», domandò a sé stessa ad alta voce, arrabbiata, perché quella striscia gialla le aveva appena dato un colpo di frusta in viso.

Il ragazzo che le stava vicino, che lei non aveva notato perché troppo concentrata nelle proprie divagazioni, rispose:

«Be', signora, bisogna solo bloccare la minuscola levetta.»

Alzò la testa, sorpresa, guardandosi intorno per capire da dove provenisse quella voce, ancora senza capire le istruzioni appena ricevute.

«Levetta? Quale levetta?»

«Questa», sentenziò il ragazzo, avvicinandosi per puntarla.

«Ah, giusto. Che sbadata…»

Per fortuna Nicole non vide l'espressione del giovane, che alzò gli occhi al cielo ipotizzando quanto fosse sprovveduta la nuova arrivata.

RODRIGO E EVA

Un dolce tira l'altro

Eva non riuscì a contenere la felicità quando vide chi era appena entrato nel bar. Era troppo bello per poter essere interessato a lei.

Da quel momento in poi non vide nessun altro che Rodrigo. Era come se tutte le persone presenti fossero scomparse allo stesso tempo.

Sorridendo, lui le si avvicinò e disse un semplice "ciao", ma talmente carico di significato che non ci fu il bisogno di dire altro.

Lei lasciò cadere lo sguardo lentamente sul corpo del medico, dopo essersi soffermata sulle sue spalle larghe e sulle braccia scolpite e massicce. Potenti, con muscoli disegnati, erano ancora più sexy con la bella camicia grigia che indossava. Capì all'istante che erano forti abbastanza per tenerla.

Quello che desiderava in quel momento era solo correre da lui per abbracciarlo, rimanendo attaccata al suo corpo, provando tutto il suo calore, per poi lentamente cercare la sua bocca e dargli un lungo bacio senza dire assolutamente nulla. Anche perché non ci sarebbe stato bisogno di dire nemmeno una parola.

Invidiò la donna che sicuramente gli stava accanto. Diede un leggero sospiro e si limitò a rispondere al suo saluto, senza nascondere la gioia che il suo arrivo le aveva portato.

«Oggi sei al bar? Allora è proprio vero che non ti fermi mai…»

«Mai, *dottore*…»

Rodrigo si eccitò. Quella donna gli faceva questo effetto. Sempre. Ogni volta che la vedeva o quando ascoltava il modo in cui lei pronunciava "dottore". Lo diceva in modo provocante. Sapeva come scatenare il desiderio e le fantasie in un uomo.

«Io sono qui perché mi hanno promesso un dolce senza panna…»

«A lei non piace la panna? Non sa cosa si perde…»

Rodrigo colse la provocazione e rispose al balzo all'allusione.

«Ma mi piace moltissimo la Nutella…», lo sguardo di Rodrigo dichiarò a Eva molto di più di ciò che intendeva comunicare.

Eva si fece seria e rimise il discorso nel tema.

«Però il dolce che le ho promesso era senza panna. Quindi oggi gliene farò assaggiare uno che mi piace molto. Quando tornerà, gliene farò provare un altro. Forse con la Nutella, chissà…»

«Ho l'impressione che tu sappia come soddisfare i gusti più raffinati…»

«Il cibo è vita, ma anche piacere. E a me piacciono molto entrambi.»

«Sai, ho pubblicato un libro sui cibi, ma non ho scritto nulla sui dolci.»

«Dicono che i dolci rivelano molto sulle persone, così come le professioni svelano la mente di un uomo. Che ne pensi?»

«Sui dolci non lo so. Ma sulle professioni, senz'altro. È una teoria interessante.»

«E come funziona la mente di un medico?»

Rodrigo si aprì in un sorriso.

«Che dire… la mente di un medico è qualcosa di molto complesso. Un puzzle composto da mille pezzi, perché il medico deve avere a che fare con la realtà mentre pensa a qualcos'altro…»

«Perché... lei sta pensando a qualcos'altro in questo momento?»

«Sì. Molto.»

«E a cosa pensa, *dottore*...»

Eva non aveva ancora finito di parlare e subito notò l'effetto che le sue parole avevano sull'uomo. Lui aspettava solo di ascoltarla, e lei lo diceva soltanto nei momenti giusti, così come il giocatore di poker capisce il momento esatto per giocarsi le sue carte.

«Penso che mi piacerebbe conoscerti di più.»

«Con quale diagnostico, o trattamento?»

«Forse una cena, dove possiamo parlare di più per conoscerci. Che ne pensi?»

«Penso che mi piace molto questo suo trattamento. E sto già aspettando la sua ricetta...»

«Che fai domani sera?»

«È la sua giornata fortunata, perché è il mio riposo settimanale.»

«Allora cena per domani?»

«Non ho nessun impegno. Sono libera... totalmente...»

Quella sua risposta riportò Rodrigo in quel mondo di piacere in cui lei sapeva molto bene come farlo entrare e rimanerci.

Rodrigo non pensò a nulla né a nessuno, in quel momento.

Nel suo pensiero e nei suoi desideri c'era esclusivamente Eva.

NICOLE E MARIA JACQUELINE

Un'amicizia strana

Il suo nuovo lavoro, molto impegnativo, era diventato una vera sfida, e creare un progetto corporativo il suo unico pensiero. Tanto che, a volte, quasi si dimenticava del vero motivo per il quale si trovava a "lavorare" alla Sagar. Creare uno spazio importante per la casa editrice di fama internazionale le suscitava più emozioni.

Seguire il lavoro di Maria Jacqueline Pellegrini, doverla osservare, senza aver ben chiaro in mente come farlo, non era più così intrigante come le era sembrato all'inizio. Comunque fosse, portava quel piccolo blocchetto ovunque andasse. Qualsiasi cosa fosse successa, o qualunque idea le fosse arrivata all'improvviso sulla vita professionale di Jackie o sul suo progetto, sarebbe stata degna di nota.

Decise di andare nella sala delle trasformazioni per farsi venire qualche idea.

Camminando nel corridoio degli uffici importanti, passò davanti alla sala di Jacqueline e decise di entrare solo per un saluto. Da qualche parte doveva pur iniziare. E, parlarle, cominciando a sondarla, poteva essere un buon principio per le sue indagini.

"Chiacchierando, tutto sarà più semplice", pensò.

Diede due colpetti alla porta aperta e provò ad attrarre la sua attenzione.

«Solo un saluto e ti lascio lavorare.»

«Ehilà! Già iniziato il lavoro?», replicò Jacqueline sorridendo.

«Beh, direi di sì», mentì. «Ho già qualche idea in mente. Appena ricevo le risposte di cui ho bisogno, posso dare inizio al progetto.»

«Siamo tutti molto curiosi. Dipendiamo da te», commentò Jacqueline.

«Non vi deluderò, o almeno lo spero…», sua risposta fu un augurio a sé stessa. Di colpo cambiò discorso e si diresse all'argomento che l'aveva portata lì.

«E a te, come va il lavoro? Hai nuovi progetti? Idee?» Si stupì per la prontezza di arrivare subito al nocciolo della questione. Forse anche troppa, perché in un certo senso fece stupire anche Jackie.

«Sì, anch'io ho molte idee che mi girano in mente, ma ora sono molto concentrata su un progetto che mi sta particolarmente al cuore», spiegò senza aggiungere altro.

«Ah, sì? E quale sarebbe?» Credette di non poter nascondere l'ansia per ascoltare ciò che le serviva sapere.

«Non posso rivelarlo, anche perché non è del tutto pronto.»

«Sei scaramantica? Fai bene, ma di me ti puoi fidare.» Se solo le avesse svelato qualcosa, Nicole avrebbe saputo cosa farne.

Maria Jacqueline sorrise e alzò gli occhi al cielo.

«No… non è per scaramanzia, ma perché ancora devo finalizzare le idee.»

Nicole non poté nascondere la delusione. Sentì che il viso si incupì. Perse tutta la spontaneità e non sapeva più come andare avanti con quel suo disappunto.

«Peccato! Sarei molto interessata perché i libri mi piacciono molto.»

«Ah, che bello! Per me è sempre un gran piacere quando sento qualcuno a cui piace leggere… che genere ti piace di più?» Bastava parlare di libri che il suo viso si illuminava.

«Che genere?», ripeté impacciata. «Beh, io compro molti libri di ricette. Li leggo spesso. Ho una vera passione per la cucina. Ecco… questo genere di libri mi piace molto.»

A Jacqueline venne il dubbio: "ma è davvero questa la persona che dovrà rivoluzionare la Sagar, una che legge come genere i *libri di ricette*? Non poteva credere a ciò che aveva appena ascoltato.

Fu difficile non affrettarsi a giudicarla, ma riuscì a non dimostrarlo, comunque.

«Ah», fu l'unica parola che le uscì dalla bocca.

Jacqueline era senz'altro gentile, ma altrettanto sincera. Tanto che la verità spesso e volentieri le rimaneva impressa sul viso. Il classico esempio di "ti si legge tutto in faccia".

Nicole colse il suo disappunto e cercò di rimediare.

«Beh, voglio dire, sono i libri che compro di più, ma leggo anche…» e non le veniva un nome in mente per comprovare ciò che aveva appena detto. Lo sguardo di Jacqueline su di lei era penetrante. Aspettava semplicemente di ascoltare il nome di un autore o di una autrice che la nuova arrivata non menzionava. Jackie notò chiaramente il suo imbarazzo.

Il suo disagio stava diventando increscioso. Nicole non sapeva più cosa fare. All'improvviso, guardò il cellulare e finse di aver ricevuto un messaggio importante.

«Ti devo lasciare. Mi devi scusare tanto, Tatiane!»

«Sono Jacqueline, Nicole…», la corresse in modo educato.

«Ah, giusto. Io faccio certe figure con i nomi… come questa, per esempio! Comunque, mi devi scusare perché il Signor Del Castro mi sta chiamando e devo andare subito da lui. Continuiamo a parlare dopo, ok?»

«Certo! Vai pure», rispose Jacqueline osservando i suoi modi repentinamente strani.

«Nicole?», domandò d'istinto.

Lei si girò e mormorò un timido "sìì?"

«L'ufficio del Signor Santiago del Castro è da quest'altra parte…», indicò con il dito teso, vedendola andare dalla parte opposta.

«Ah, giusto…», rispose Nicole, accigliata, guardando nella direzione segnalata, più imbarazzata che mai.

Camminando ancora lungo il corridoio, si guardò indietro per controllare se Maria Jacqueline la stesse guardando.

Fece un respiro profondo, di sollievo, quando vide il corridoio vuoto. Si rigirò di nuovo e si diresse alla sala, nella quale avrebbe dovuto aver già iniziato i lavori di ricostruzione-arredamento.

Prese il cellulare e cercò la rubrica. Subito dopo l'appoggiò all'orecchio guardando all'insù mentre parlava da sola a voce alta.

«Sembro una matta a girarmi e rigirarmi qua dentro… ma si possono fare queste figure alla Sagar?»

Sbuffò, avvertendo un gran sconforto. Ascoltava i suoni che indicavano la chiamata a vuoto innervosendosi ancora di più. Si era decisa a lasciar squillare il telefono dall'altra parte finché qualcuno non avesse risposto.

"Perché mai ti ho dato retta…"

«Pronto. Dimmi…»

«Ah, menomale che mi hai risposto. Ho un gran bisogno di parlarti…»

«Sono in riunione. Cos'è successo di così tanto grave?»

«Nulla…»

«Sembra che devi avvertirmi della fine del mondo e mi chiami per… nulla?»

«Cioè, nulla è quello che so del lavoro che devo fare qui. Devi dirmi quello che vuoi che io faccia per te. Non posso rimanere ancora all'oscuro di tutto.»

«Devi solo trovare una persona. Abbiamo già parlato di questo.»

«Ma io l'ho già trovata, conosciuta e abbiamo anche scambiato due chiacchiere. Ora ho bisogno di sapere quello che mi tocca fare veramente.»

«Tu intanto inizia il lavoro che si aspettano da te. Domani mattina ti chiamo e parliamo.»

«Domani mattina? No, ti prego, dimmi adesso…»

«Non insistere. Sono in riunione e non ti posso parlare. Sei la designer; sei lì per questo. Allora fallo, intanto. Entra in qualche portale online e prendi qualche spunto.»

«Ma… e Jacqueline? Che faccio con lei?»

«Non ripetere questo nome, altrimenti manderai tutto a puttane prima ancora di cominciare a fare qualcosa. Ricordati che mi costa molto averti nella Sagar.»

Voleva rispondere "e a me costa la pelle, e anche la faccia, se dobbiamo dirla tutta", ma preferì tergiversare con un "ok, chiamami il prima possibile".

«Non lascerò che Jacqueline, cioè, lei, la Tale, sospetti di me», aggiunse.

«Se tu sei lì per fare un lavoro di arredamento, di che cosa devono sospettare? Sospetteranno solo se ti comporti da cretina. Ora non posso parlare. Ti richiamo io. Non chiamarmi.»

Nicole era nervosa. Elenia chiuse la chiamata, irriducibile come sempre. Ma quella sua rabbia produsse in lei quel po' di adrenalina che servì per farla pensare a qualcosa che non avrebbe mai immaginato prima.

EVA E RODRIGO

La dura realtà

Nonostante Jacqueline si stranì per qualche attimo a causa di quel messaggio insolito del fidanzato, non si preoccupò più di tanto. Sapeva che stava veramente lavorando insieme all'amico Ferrara per quel caso.

Ad ogni modo, Rodrigo non le aveva mai impedito di chiamarlo o mandargli un messaggio prima. Lui le rispondeva sempre. Anche nei momenti inopportuni, tipo una visita.

Aveva sempre risposto affettuosamente alle sue chiamate spiegandole il motivo per cui non poteva parlare in quel momento. Ora l'aveva praticamente bloccata e non era stato nemmeno affettuoso o gentile.

"Insomma… le cose stanno proprio cambiando", pensò. Cercò di non darci tanto peso, e si mise in cucina per fare una torta. Non solo perché le era venuta una gran voglia di dolci: immaginò che se Rodrigo fosse passato più tardi, non ci sarebbe stato nulla di sfizioso da mangiucchiare.

Però, in realtà, lui era a casa e si stava facendo la doccia per uscire con Eva.

Pianificò tutta la serata, perché doveva essere una delle migliori per lei. Voleva impressionarla, ma non come era solito fare nelle sue prime uscite con una donna.

Pensò a tutto l'incontro con molta cura perché lei aveva qualcosa di speciale. E lui era determinato a scoprire cosa fosse, fino in fondo.

Scelse un ristorante italiano esclusivo e comprò una scatola di cioccolatini gourmet. Era determinato a farla sentire speciale e apprezzata durante tutto l'appuntamento. Ebbe anche una idea che gli sembrò carina per creare l'intimità che cercava con lei.

Si ricordò del bellissimo ristorante dove aveva portato Jacqueline nella loro prima uscita insieme: una grotta all'aria aperta.

Voleva qualcosa di altrettanto sorprendente per quella serata, ma non troppo particolare, e non solo perché era ancora fidanzato.

Pensò a qualcosa di intimo perché era sicuro che Eva desiderasse la stessa cosa. Lei era diventata più che un pensiero nella sua mente. Era un desiderio irrefrenabile.

Nessun dettaglio fu trascurato. Voleva impressionarla veramente. L'immaginava in un vestito aderente con tacchi alti e voleva essere all'altezza di quella donna sexy e sensuale che sarebbe stata al suo fianco fra non molto.

Prese il suo migliore profumo e lo spruzzò un po' dappertutto sul corpo.

Lo applicò subito dopo la doccia, quando la pelle è pulita e i pori ancora aperti, consentendo alla fragranza di essere assorbita in modo efficace.

Da uomo affascinante qual era, sapeva che il profumo era uno strumento potente per aumentare l'attrazione, ma sapeva anche che doveva essere usato con moderazione per evitare di appesantire i sensi della donna.

Voleva presentarsi a lei nella sua migliore versione. Aveva comprato anche una lozione idratante per il corpo per avere l'effetto di una pelle più bella, tonica.

Afferrò la scatola di cioccolatini e le chiavi della macchina con fretta e si diresse a casa di Eva per prenderla.

Lei entrò in macchina e il suo volto si illuminò nel vederlo. Rimase così sorpresa, tanto quanto lui quando la vide in un intrigante tubino di un elegantissimo color marsala con sottili bretelline in catena dorata drappeggiato al collo. Quel dettaglio, elegante e molto sensuale allo stesso tempo, evidenziava ancora di più il seno prosperoso di Eva.

Mentre lei scendeva dalla macchina, lui ammirò la sua bellissima schiena nuda fino a intravedere le fossette di Venere. Una lunga catenina pendeva liberamente, carezzando delicatamente la riga centrale della schiena, dalla nuca alla vita, in un modo molto seducente.

Nel vederla così provocante, si scatteranno gli stessi pensieri che aveva ogni momento in cui la vedeva: avrebbe voluto mandare all'aria i formalismi e il contegno di circostanza per buttarsi tra le sue braccia, baciandola con un tale desiderio e impeto da farla rimanere senza respiro.

Già sentiva la sua bocca percorrere il corpo nudo di Eva, esplorandone ogni curva con tutto il desiderio che lo assaliva in quel momento.

«Sei bellissima… e non è solo un complimento. Sei veramente bella… e molto affascinante…»

«Grazie, *dottore*…», rispose lei guardandolo in modo intenso, con uno sguardo pieno di significati.

Girò la testa e i suoi capelli lunghi, non più raccolti, svolazzarono, lasciando una scia di profumo di donna. Di femmina.

«Dato che mi offri sempre un dolce, ho pensato di offrirti qualcosa anch'io», e le consegnò la scatola. Eva ringraziò con un sorriso contagioso.

Rodrigo non smetteva di guardarla e desiderarla. I suoi capelli folti, neri, erano magnetici.

«Sono cioccolatini, se per caso non avessi indovinato…»

«Possiamo lasciarli per *dopo*…»

«Ho pensato la stessa cosa. Ora andiamo in un ristorantino italiano, che ne dici?»

«Dico che non avrebbe potuto pensare a una scelta migliore, *dottore*…»

Rodrigo comprese che aveva fatto centro con la sua idea di serata ideale per entrambi. Sicuramente anche lei si stava aspettando qualcosa di molto intimo.

«Sai che mi fai impazzire quando dici così?»

«Ma… davvero?», scoppiò a ridere guardandolo con tutta la malizia che poté. La sua vivacità, nonché leggiadria, lo strabiliò.

Rodrigo fece un lieve segno di no con la testa e accese la macchina.

La serata non era nemmeno iniziata e già percepiva la forte connessione tra di loro, il tutto condito con molta sensualità e desiderio. Era chiaro che lei sapeva come mantenerli sempre accesi. Lei era in grado di controllare l'impeto del medico con una salda presa sulla propria capacità d'espressione e carica sessuale, capace di lasciare il medico quasi nelle sue mani.

Quella donna stava dimostrando di essere molto più di quello che lui aveva immaginato.

Arrivati al ristorante, il cameriere li condusse al loro tavolo e gli occhi di Eva brillarono per l'anticipazione. Era un locale molto particolare. Non era per nulla simile al "Sapori d'Incontri", dove lavorava, né a quelli che frequentava nelle poche volte che aveva la serata libera per uscire, con o senza Matty.

Si sedettero e Rodrigo non smise di fissarla. I suoi occhi bruni erano pieni di ammirazione mentre tracciavano ogni dettaglio del volto della donna che gli stava davanti. Era inebriato da lei, dalla carica sessuale che gli trasmetteva, dai suoi occhi scintillanti e dalle sue labbra rosse carnose.

C'era qualcosa che gli impediva di allontanarsi, che lo incatenava a lei.

Eva, a sua volta, percepiva l'intensità del suo sguardo e donava attenzioni, intensificando le attrazioni.

«Non mi viene da pensare altro, del perché una donna come te sia ancora sola...»

«Certe volte non me lo spiego nemmeno io. Però, conta anche il fatto che lavoro molto per dare una vita degna a mio figlio.» La sua semplicità colpì il medico. Non avrebbe mai detto che una donna così attraente e coinvolgente fosse allo stesso tempo semplice.

Lui sfiorò la sua mano lasciata non casualmente sul tavolo.

«Sei una mamma bravissima», affermò.

«Sono una mamma che fa di tutto per riuscirci. È diverso, Rodrigo.» Fu la prima volta che il medico la udì pronunciare il suo nome. L'apprezzò enormemente: sentirlo da lei intensificava le sue emozioni. In quel momento lui capì che quella donna era speciale.

La connessione, invece che diminuire, diveniva ogni secondo più elettrizzante. Lui sentiva di capirla anche senza parole, il che aumentava ancora di più il suo desiderio.

«Ma non parliamo di problemi questa sera. Mi sono impegnato a farti passare una bella serata. Anche spensierata.»

«È ciò che più desidero», rispose Eva, sfiorando leggermente la mano del medico con un dito.

Con quel gesto Rodrigo Antonielli capì che l'intesa che percepiva tra loro due sarebbe potuta diventare molto più intensa e profonda di quanto potesse immaginare. Sentì chiaramente che c'era dell'altro. Così prese il menu con una certa rilassatezza.

«Io direi di mangiare, adesso.»

«Perfetto. Parliamo dopo…»

«Tutto quello che penso, lo dici o lo fai… com'è possibile?»

«Non lo so come mai, *dottore*… che dice lei?»

«Potrei dire che si tratta di un caso di grossa intesa, che ne pensi?»

«È questo il suo diagnostico per *noi*?»

Rodrigo non resistette. Un'unica parola, di tre solo lettere, lo rivoluzionò dentro. Ma cambiò discorso rapidamente.

«Posso suggerire l'antipasto?»

«Accetto tutti i tuoi suggerimenti.»

«Ti piace il pesce?»

«Moltissimo.»

«Allora direi di prendere un'insalata di gamberi e avocado. È molto buona!»

«Suona benissimo…»

«Poi possiamo optare per il carpaccio di tonno, il mio preferito qui, o anche del salmone alla griglia. O magari un piatto di pasta, se preferisci – di mare, ovvio.»

«Io prenderei il salmone grigliato.»

«Allora che salmone sia… con asparagi per contorno, direi. Magari con un piatto di pasta ai frutti di mare. Linguine?»

«Eccellente idea», assentì con entusiasmo.

Il medico ripeté la loro scelta al cameriere, aggiungendo anche la richiesta per una bottiglia Pinot Grigio, e poggiò il menu chiuso sul tavolo subito dopo.

«Non manca nulla», affermò la donna.

«Invece ti sbagli. Manca il dessert…», ribadì con un accenno di complicità.

«E se non lo prendessimo qui e mangiassimo i cioccolatini che mi hai regalato dopo, insieme?»

Eva si stava rivelando la sorpresa della serata. Autentica e vera come poche.

«Alla serata e a te», fu il brindisi di Rodrigo.

«A noi…», fu quello di Eva.

La cena sembrò finire in un batter d'occhio. La nozione del tempo che scorre è sempre molto soggettiva: è come un fiume in costante movimento, il cui flusso può essere tranquillo o precipitoso a seconda dell'esperienza nella quale ci si immerge. Infine, la riportò a casa.

«La serata è stata bellissima, Eva. Mi sono divertito molto e voglio rivederti. Ma non posso andare via senza dirti che ho una persona nella mia vita.»

Eva sorrise in modo triste.

«Già lo immaginavo, Rodrigo. Anzi. Ne ero certa: nessuna donna si farebbe sfuggire un uomo come te. Comunque apprezzo molto che tu me lo abbia detto», abbassò la testa, sentendo il suo cuore battere più velocemente. «Sei sincero, e non è per nulla scontato, oggigiorno. Ti ringrazio per essere stato onesto con me.»

«Tu sei irresistibile, Eva…», pronunciò, in un sussurrio.

Senza dire altro, il medico si inclinò nella sua direzione, avvicinandole delicatamente il viso. La guardò negli occhi.

Le accarezzò una ciocca di capelli, alternando lo sguardo tra i suoi occhi e la bocca socchiusa. Eva mosse le labbra con un fremito, come a invitarlo a continuare.

Entrambi si lasciarono andare e il bacio che seguì fu appassionato. Un incontro per quelle labbra, che si cercavano e si trovavano in un momento di passione travolgente che sembrava non bastare mai.

Lui non resistette e le accarezzò le cosce. Lei rispose al tocco della sua mano con un sussulto in tutto il corpo, sporgendosi in avanti, offrendosi.

Rodrigo accolse quell'invito e le baciò il collo. Eva si sporgeva sempre di più verso lui, con movimenti di estasi e piacere puro. Il medico le abbassò il décolleté già molto scollato del vestito, e cercò i capezzoli dei suoi seni prosperosi con la bocca.

Eva era un fremito di piacere. Produceva meravigliose vibrisse, strusciandosi contro di lui e offrendosi in modo molto sensuale. Deciso, ma dolce.

Con la mano che la toccava e accarezzava, come a voler svelare ogni segreto del suo corpo, Rodrigo scoprì che lei non aveva altro che quel corto tubino marsala con fine catenine dorate addosso.

Le accarezzava la parte superiore delle cosce, divagando, per arrivare alla sua vagina. Le sfiorò e accarezzò le labbra con le dita. Quando la penetrò senza pudore, lei emise un gemito sofferto.

Lei si eccitava ancora di più nel sentire il respiro accelerato di Rodrigo.

Un bellissimo sorriso di piacere compare sul volto della donna, che prese il comando della situazione, guardandolo negli occhi mentre iniziò a cercare il suo il pene, accarezzandolo. Ma non le bastava. Lei voleva i suoi gemiti, che arrivarono quando gli toccò i testicoli, stringendoli in modo dolce ma deciso. Lui era inebriato dal desiderio.

«Ti voglio tanto Eva…», sospirò, baciandola fervorosamente, travolto dalla foga.

«Vieni da me», gli sussurrò. «Non-possiamo-più-rimanere-in-questo-modo», supplicò mentre gli mordicchiava leggermente le orecchie, il collo e la bocca. «Saremo solo io e te per tutto il tempo che puoi. Matty sta con la nonna. Saliamo.»

Si ricomposero per un attimo.

Eva si sistemò il vestito, guardando Rodrigo, e sorrise.

«Che c'è?», chiese il medico, con un sorriso delineato sulle labbra anche lui.

«Spero che non ci abbiano visti. Io, la mamma di tutto rispetto di giorno, e di notte a limonare in macchina sotto casa...»

«Diranno che sei mamma ma anche donna. E sono sicuro che mi invidieranno molto.»

«Non mi importa quello che diranno. Vieni... ti voglio tutto solo per me. Almeno oggi...»

RODRIGO ANTONIELLI

Decisioni

La notte passata con Eva andò molto oltre a qualsiasi aspettativa avesse.

A casa sua, ebbe modo di conoscere meglio lei e la realtà nella quale viveva con il suo piccolo Matty. Si scoprì travolto in tutti sensi da quella donna dolce, intelligente e seducente, che nella vita era una grande lavoratrice e una mamma premurosa, nonostante si colpevolizzasse tanto.

Se qualcosa di molto forte e intimo cominciò a legarlo a quella donna, qualcos'altro si spense nel suo rapporto con Jacqueline. Non aveva previsto di provare qualcosa di così tanto intenso, inaspettatamente. Così come non poteva negare tutte le sensazioni vissute insieme a Eva nell'intensissima notte di fuoco che passarono insieme.

Siccome la figura della sua ragazza stesse sbiadendo nei suoi pensieri, si decise a chiamarla. Doveva vederla. Parlarle. Voleva capire insieme a lei cosa stesse succedendo. Prese il cellulare per chiamarla.

«Amore, ciao – ti ho aspettato ieri sera…»

«Sì, ho visto le tue chiamate, ma non potevo risponderti. Scusami», disse quasi provando un senso di colpa.

«Avete risolto con quel paziente? Sta meglio?»

«Ah già. Sì, certo…»

Rodrigo non ebbe il coraggio di raccontarle tutto. Almeno non in quel momento. Doveva ancora capire quello che gli era successo.

All'improvviso Jacqueline avvertì un tono di voce più serio e lo gradì. Pensò che il fidanzato si stesse riavvicinando di nuovo.

«Jackie, amore, voglio vederti, voglio stare con te. Voglio fare l'amore finché non ce la facciamo più fisicamente…»

«Amore, ma io sono qui, che ti prende?»

«Mi manchi. Ti amo.»

Jacqueline era sollevata. Credette che tutti i suoi dubbi si fossero distolti e si sentì quasi felice. Le cose tra di loro a breve sarebbero tornate come prima.

Rodrigo, però, era impaurito. Voleva buttarsi tra le sue braccia per riavere quel calore che tanto lo aveva fatto stare bene. Ma soprattutto voleva capire come sarebbe stato tornare a fare l'amore con Jacqueline. Aveva bisogno di lei, del suo corpo, del suo odore. Aveva bisogno anche del suo amore, ma principalmente di recuperare le proprie certezze.

«Ho fatto una torta ieri sera. Pensavo che tu…»

Non la lasciò finire di parlare.

«Appena esco dell'ospedale ci vediamo. Vengo da te e non me ne vado finché non sarò, per molte volte, dentro di te…»

«Io sono tua, amore. Per tutto quello che vuoi e hai bisogno… allora, sbrigati, che abbiamo molto da fare insieme…»

A dispetto di ciò, Rodrigo era confuso. Scombussolato.

Credeva di aver bisogno solo di stare nelle braccia della sua bella Jacqueline, nello stesso modo che fa un bambino quando corre dalla mamma perché si sente insicuro o in pericolo.

Credeva che gli bastasse solo un'altra notte di sesso per dimenticare tutto e far tornare la vita come prima. Almeno nella sua testa.

ENRICO GIUSTI

Le altre. L'altra

Non aveva mantenuto la sua parola con Elenia. Le aveva detto che sarebbe tornato, ma non si presentò. Soltanto per creare più aspettative.

Non era di certo la loro prima crisi, ma era di sicuro una delle più serie. Immaginò che se Elenia avesse sentito un po' della sua mancanza, i venti avrebbero soffiato a suo favore di nuovo, portando via tutti i risentimenti.

Non era neanche la prima volta che se ne andava di casa. In realtà, aveva anche un motivo ben preciso per ritornare in fretta: aveva bisogno di fare un favore a una persona speciale, quindi doveva ritornare da Elenia quanto prima.

Quella richiesta era arrivata in un momento non particolarmente fortunato del suo matrimonio, ma lui era certo che se la sarebbe cavata comunque. I sentimenti, per Enrico Giusti, erano sempre secondari. Del resto, se fosse rimasto attaccato ai suoi affetti, non avrebbe avuto la libertà di fare ciò che serviva per arrivare dove voleva nella vita. Perciò, la sua volontà veniva sempre prima di ogni forma di affettività, a discapito di essa.

Intendeva tornare da Elenia quanto prima non per le conseguenze di un maldestro raggiro, ma perché era una richiesta di Michelle. Avrebbe fatto qualsiasi cosa, solo per lei.

Non era un segreto per nessuno che a Enrico piacessero le belle donne, e che approfittasse di questi momenti di crisi anche per consolarsi a modo suo. Lei era sicuramente la sua preferita.

Elenia sospettava dell'esistenza di varie presenze femminili nella sua vita. Sapeva anche che il marito non si tirava indietro se una donna gli piaceva, così come immaginava che ci fosse qualcuna a cui lui teneva più di altre.

In effetti, a Enrico dispiaceva il fatto che Michelle fosse già sposata. Seppure fosse geloso di lei, era cosciente che quel rapporto non sarebbe mai andato avanti a causa del vero motivo che lo legava a Elenia: affari e soldi.

Quando uscì di casa con una piccola borsa da viaggio, la prima cosa che fece, dopo aver trovato una camera dove dormire le notti successive, fu mandare un messaggio alla donna che l'aveva preso più di ogni altra. Voleva senz'altro vederla, ma non poteva di certo chiamare Michelle alle due di notte. Il marito si sarebbe svegliato. Per fortuna sua, essendo ancora sveglia, lei gli rispose senza farsi attendere.

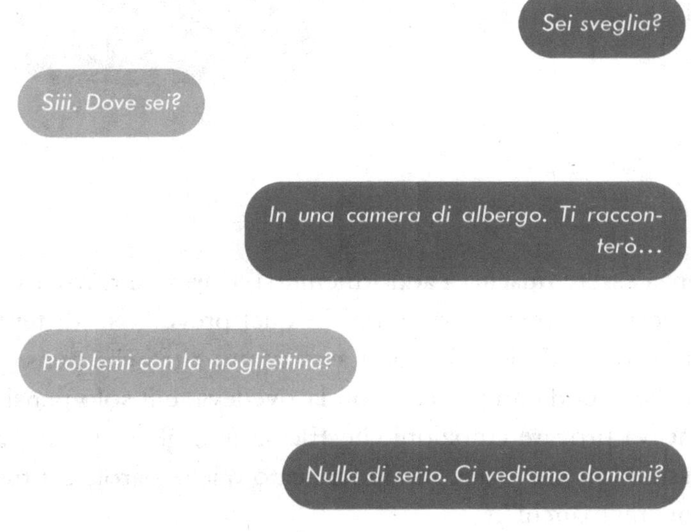

Enrico riguardò le ultime due parole che aveva digitato; gli fece impressione leggerle. Era vero che sentiva la mancanza di Michelle, e un po' questo lo sorprese. Ma non era abituato a sentirsi sopraffatto da emozioni o sentimenti.

Senza essere riuscito a addormentarsi, Enrico si ritrovò sotto la doccia solo poche ore dopo. In quel breve lasso di tempo in cui cercava di dormire, non aveva fatto altro che pensare a Michelle. Era da un po' che non la rivedeva, e il solo pensiero gli faceva provare emozioni che Elenia non gli aveva mai trasmesso. Non aveva ancora dimenticato quelle parole scritte di getto: "mi manchi".

Arrivò al bar-ristorante "Sapori d'Incontri" dove di solito si trovavano. Chiese un caffè macchiato al bancone, che gli fu consegnato in fretta. Lo sorseggiò velocemente, con lo scontrino ancora in mano, prima di dirigersi a un tavolo vuoto per sedersi e aspettare Michelle, che stranamente arrivò puntuale.

La forte ondata di energia che gli arrivò nel vedere la donna che entrava, con indosso una gonna nera di pelle fino al ginocchio, camicia bianca e décolleté neri con tacco alto, sguardo fisso su di lui mentre camminava nella sua direzione, fu un misto di emozione ed eccitazione a dir poco incontenibile. Conosceva ogni singola curva di quel corpo che non si stancava di guardare e accarezzare. Lei gli si avvicinò e si sedette al tavolo senza articolare una parola. Continuava a guardarlo, se pur abbassando gli occhi ogni tanto. Dava l'impressione che qualcosa la stesse turbando.

«Buongiorno anche a te, *signora*...»

«Non mi trovo a mio agio con te, in mezzo a tutta questa gente.

Dopo aver lanciato uno sguardo veloce in tutto il salone, Michelle gli rivelò il suo vero intento per quell'incontro.

«Avrei una cosina da chiederti, se posso...»

«Tutto quello che vuoi. Lo sai che mi piace fare il tuo schiavo, mia regina...»

«Facciamo i seri. Non fare lo stupidino che siamo in pubblico. È una richiesta innocente, ma non so se ti piacerà», azzardò la donna spostando con fare sensuale i suoi capelli con riflessi dorati. «Il figlio di un'amica si ritrova disoccupato, dopo un taglio del personale dove lavorava – le solite cose che succedono in tempi di crisi. E mi ha chiesto di aiutarlo, trovandogli un lavoro.»

«Ah! Solo questo? Io stavo pensando a chissà cosa... questo è facile. Sai che ti dico? Gli darò un impiego alla Solo Lettere. Gli potrà piacere lavorare con i libri? So che è noioso, ma posso provare anche a dargli una buona collocazione, così non avrà tanto da fare…»

«Sapevo che avresti potuto aiutarlo. Sei un tesoro. Ma la mogliettina… che dirà? Sarà d'accordo?»

«Non ti ricordi mai che lei non ha voce in capitolo.»

«Sì, ma la casa editrice è anche la sua…»

«Sulla carta, dolcezza… solo sulla carta…»

«Allora posso dirglielo? Si chiama Davide.»

«D'accordo. Intanto digli che ha già un lavoro, così sta tranquillo. E dammi un paio di giorni per risolvere questa cosa.»

«Ti aspetti degli imprevisti?», domandò con una certa apprensione.

Lui scrollò le spalle.

«No di certo. Devo parlare con Elenia, ovvio. Ma prima devo tornare a casa…»

«Giusto. Ora che l'hai menzionato, raccontami. Perché ne sei uscito?»

«Non mi va di parlarne, perché in fin dei conti non è successo nulla.»

«Ma se sei andato via di casa, ci sarà stato un motivo, no?»

«Siii, ma con quella che mi ritrovo a casa è facile discutere. Ormai facciamo solo quello… diciamo che sono uscito per avere un po' di ferie.»

«Per ferie? Questa è buona, me la segno.»

«Ho avuto uno scatto perché non ho saputo controllarmi. Mi è mancata la pazienza; ecco quello che è successo. Non sono ancora tornato perché deve imparare a tenere a bada quel caratterino di merda che ha. Ma oggi stesso sistemo tutto e le parlo. Ho bisogno solo di un paio di giorni e concludiamo l'assunzione di Davide. Noi, invece? Quando ci vediamo?»

«Io sono già qui.»

«Hai capito cosa intendo. Voglio stare con te. Ho voglia di toccarti...», disse inclinandosi per accarezzarle la coscia sotto il tavolo.

«Sei pazzo? Qui ci vedono.»

«Non resisto. Mi fai pensare solo al sesso quando ti guardo...»

«Allora controllati e fatti passare la voglia. Ci sentiamo. Ora devo andare.»

«Però non mi hai detto ancora quando staremo insieme...»

«Appena capisco che Peppe sarà impegnato per un po', ti chiamo. A proposito, grazie, Enrico.»

«Non mi devi dire grazie. Mi ringrazierai quando ci incontreremo – anzi, lo farai a letto. Ci penso io a darti modo di ringraziarmi. Non ti preoccupare.»

«Ok, ci sto!»

«Per questo mi piaci. Ci sei sempre...»

«Smettila, altrimenti non saprai aspettare.»

«Chissà come mai hai indovinato anche questa volta... Hai dieci minutini?»

«Va bene, ma ti devi sbrigare...»

«Allora non perdiamo tempo, su! Di fretta, oggi, ma mi dovrai concedere un giorno con più calma.»

«Ok, sarà fatto... andiamo, però. Altrimenti non faccio in tempo.»

RODRIGO, JACQUELINE, EVA

L'altra

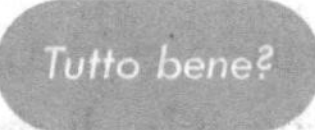

Il messaggio di Eva arrivò in un momento di grande fragilità per lui.

Aveva trascorso due notti di fuoco con due donne diverse. Al risveglio, dopo la notte passata con Jacqueline, si ritrovò sopraffatto da un turbinio di sentimenti contrastanti. Non solo il suo cervello era andato in tilt, ma anche il fisico. Doveva ammetterlo.

Aveva trascorso una notte innegabilmente appassionante con Eva. Non solo perché la natura era stata davvero generosa con lei: il suo corpo perfetto non se ne andava dalla sua mente. La chimica tra di loro era molto intensa e lui aveva avuto tutto ciò che un uomo può desiderare di una donna.

Cercava di placare la propria euforia autoconvincendosi che tutto ciò che provava non fosse più che una novità, una passione passeggera. Solo che non si era mai entusiasmato così tanto per una novità. Come medico, era troppo razionale per distaccarsi dalla realtà. Eppure Eva aveva quel potere su di lui.

Al tempo stesso, sentiva la mancanza di Jacqueline. Gli mancavano le sue attenzioni, il suo amore, la sua determinazione e quella sensazione di "sono la tua compagna per tutto ciò che verrà, per tutti i giorni della mia vita" che lei gli comunicava ogni volta. Anche in silenzio. La sua presenza nella sua vita era una certezza.

Anche la notte con Jacqueline era stata meravigliosa, profonda e intensa. Ma non riusciva a dimenticare quella con Eva, selvaggia.

Rodrigo abbassò la testa e tirò di scatto i capelli all'indietro, in uno stato di disperazione conflittuale.

Guardò il messaggio molte volte prima di rispondere. Aveva due grandi donne tra le mani; non sapeva cosa fare. Non voleva ferire nessuna delle due, ma sapeva che sarebbe stato impossibile.

Decise di chiamare Eva. Aveva bisogno di ascoltare la sua voce.

«Ciao. Che bello sentirti di nuovo… tutto bene?»

«Sto ancora pensando alla nostra notte insieme…»

«Sesso davvero fantastico, eh?», minimizzò la donna. Non era il caso di parlare di sentimenti. «Anch'io ripenso spesso a ciò che abbiamo vissuto l'altra notte.»

«Ci rivediamo ancora? Che ne dici?»

«Per me sì… non sono io ad avere problemi. Non ho nessuno nella mia vita», commentò lei simulando disinteresse.

«Allora penseremo a qualcosa per i prossimi giorni…»

«Va bene, solo che mi devo organizzare prima. Uscire, per me, non è solo chiudere una porta. Magari fosse così semplice! Innanzitutto devo trovare qualcuno che mi sostituisca al Sapori. Poi devo sistemare le cose con Viola.»

«Chi è Viola? La tua mamma?»

«No, la babysitter. Mia madre mi aiuta tantissimo, ma ho chiamato i rinforzi per non sovraccaricarla.»

«Dobbiamo anche parlare, sai…»

«Mi sa che stai chiedendo troppo per una sola serata…»
«Perché?»

«Perché sono sicura che faremo tanto altro, prima di dirci qualcosa, *dottore*. Comunque, io sono qui, sempre pronta. E tu? Sei pronto?»

Rodrigo era stregato da Eva e da come facevano l'amore. Lui si piegò a questa sudditanza psicologica perché la percepiva come un rafforzamento del legame più profondo che si stava creando, senza comprendere che era una sua mera debolezza emotiva. Tutto fatto in modo molto naturale, senza che nemmeno un medico intelligente e sensibile come Rodrigo Antonielli se ne accorgesse, perché tutto quello che Eva diceva o faceva le veniva in modo molto spontaneo. Però, in un certo senso lei lo soggiogava con la potenza delle parole giuste dette al momento giusto, rendendolo dipendente del suo corpo e del sesso con lei.

Essendo così coinvolgente, sapeva esattamente come esercitare un forte fascino sull'uomo che le interessava. E lei aveva puntato molto su di lui.

Lo voleva solo per sé.

ENRICO E ELENIA GIUSTI

Una coppia unita dagli scopi

Quello che più saltava all'occhio nell'ufficio di Elenia Giusti, alla Solo Lettere, era che non si vedeva un solo libro in quella stanza.

Spiccava, invece, il grosso computer bianco sulla sua scrivania, dove non si trovava neanche un manoscritto. Un ambiente quasi sterile, già all'epoca di Jacqueline, e così era rimasto. Rispecchiava alla perfezione il carattere e i gusti della titolare.

Per essere il nucleo da dove partivano e si concretizzavano tutte le decisioni della casa editrice, era un luogo un po' troppo senza fronzoli. Ogni persona, visitante o dipendente che fosse, entrando in quella sala non avrebbe saputo classificarla. Certamente l'avrebbe considerata piuttosto strana.

Quel giorno, però, la sala era occupata da altre donne che le sedevano accanto. Erano nel suo ufficio per una delle sue riunioni, che altro non erano che un raduno delle persone a cui era più affine per passare del tempo nell'*agenzia,* come la definiva lei stessa. Passava la giornata a cercare motivi per creare o sgattaiolare da una riunione all'altra.

Pertanto, non era insolito trovarla a monologare, parlando di tutto tranne che del lavoro. Se si sentiva a proprio agio con qualcuno, allora l'argomento preferito era suo marito Enrico. Parlava di lui e dei suoi casi amorosi, affermando che ormai tollerava e chiudeva un occhio a tutte le sue fughe.

«Sono diventata "immune"», dichiarò ripensando a Michelle, la sua spina nel fianco.

Quando commentava le storielle del marito, lo faceva in tono scherzoso. Piena di alterigia. Era una di quelle occasioni in cui il suo lato vanesio usciva più forte che mai. Il suo autocontrollo pareva invidiabile. Era molto abile nel far sì che le persone che l'ascoltavano pensassero quanto fosse forte quella donna che soccombeva a tutte le trame del coniuge senza lasciarsi sopraffare.

In un momento di massimo sfogo, udì un rumore che le alterò i battiti del cuore.

Bussarono due volte alla porta in modo più forte, e una terza in modo più leggero. Però, lei riconosceva quel battere. Era sempre lo stesso.

Era Enrico. Se fosse tornato da lei, un'altra volta, era ancora da capire.

«Salve», disse sporgendo mezzo busto, con la mano ancora sulla maniglia e un sorrisetto stampato in bocca.

Elenia perse tutta la sua aria boriosa all'istante.

Lo scrutò in silenzio.

«Sei tornato?», non fece a meno di chiederlo con sdegno, davanti alle tre dipendenti che presenziarono alla scena. Videro anche l'occhiataccia che lei gli lanciò.

«Sì. Adesso», spiegò mentre faceva il suo ingresso nella stanza. Salutò le ragazze presenti, un po' imbarazzato.

«Buongiorno a tutte.»

Non aveva compreso quale fosse la vera reazione della compagna nel vederlo. Se fosse rimasta sorpresa, o contenta, l'aveva nascosto proprio bene.

L'energia negativa che arrivò provocò un cambiamento tangibile dell'atmosfera. Le dipendenti risposero al saluto all'unisono, intuendo subito i disagi che c'erano tra loro predominavano nella loro relazione.

«Hai fatto presto questa volta», commentò Elenia, ironicamente, diventando scura in volto. Andò ad accomodarsi sull'alta sedia della sua grande scrivania.

«Il lavoro è finito e si torna alla vita di sempre», replicò, lesto.

«Hai concluso parecchio?», lo punzecchiò Elenia.

«Sì, cioè, no. Ho concluso solo una piccola parte. Il grosso lo farò domani.» La sincerità mascherata, come sempre.

Sarà perché l'intuizione è un termine femminile e quindi, di conseguenza, più consona alle donne, oppure perché Elenia era astuta il sufficiente per conoscere il carattere del marito, capì al volo che in quel momento Enrico stava parlando di Michelle.

«Allora buona fortuna per domani. Mi raccomando…», sorrise con la bocca chiusa, a suo malgrado.

Il modo con cui si guardarono spinse le ragazze ad alzarsi immediatamente con un rapido "ci dovete scusare". Elenia assentì con un freddo "ci sentiamo dopo".

Enrico finalmente entrò nell'ufficio, osservando le ragazze mentre gli passavano davanti per uscire. Poi chiuse la porta. A questo punto Elenia irrigidì la schiena per sistemarsi la postura. Ma aveva perso tutta la leggerezza con cui parlava e agiva un secondo prima.

«Ti sei portato anche il borsone?», chiese fissando lo schermo del computer bianco, imperturbabile.

«Sì, certo», svelò lui fingendo di non notare quel distacco. «Ti devo parlare.»

«Che c'è, adesso?»

La sua frase fu talmente lapidaria che per un attimo Enrico si pentì della scelta del momento per rivelarla. Si strinse nelle spalle e tornò alla sua solita schiettezza.

«Avrei una cosa da fare: assumere una persona. È un ragazzo molto in gamba, figlio di un amico che ha perso il lavoro. Voglio aiutarlo.»

«Deve essere molto importante per te, se sei tornato solo per assumerlo», replicò con sarcasmo. Elenia sapeva molto bene come fare delle sue parole vere e proprie lame affilate.

«Affatto. È solo una coincidenza. Stavo già tornando a casa quando l'ho incontrato. Nicole non lavora più qui. Quindi, non vedo perché non dovremmo trovare un sostituto per il posto vacante», mormorò. «Verrà domani, ma sarà solo un incontro proforma per conoscere lui e le sue abilità.»

«Abilità… bella questa parola», ironizzò. «E questo succederà prima o dopo il tuo *impegno*?», mugugnò con voce appositamente bassa per sottolineare il suo fastidio.

«Non è nulla di ciò che stai pensando. Sono tutti *affari*.»

«Sì, certo. Come la riunione che ho appena finito», farfugliò.

«Vedo che oggi siamo di ottimo umore», punzecchiò. «Con tutto quello che ti faccio guadagnare, dovresti essere più contenta; i tuoi profitti non sono da poco. Io lavoro sempre, anche per te, sai? Principalmente quando sono fuori.»

«Non ho dubbi.»

«Allora che ne dici? Andiamo a casa? Non vedo l'ora di farmi una doccia. Mi sento tutto…», si bloccò, cercando la parola più adatta da utilizzare. Elenia lo guardò con la coda dell'occhio. E anche con ripugnanza, nell'udire quelle parole.

«Appiccicato, per caso?» Lui non rispose, ma la guardò come un bambino che si sente colto con le mani nel sacco.

L'intuizione è proprio donna. Indubbiamente.

NICOLE

La Tale

«**P**uoi per favore dirmi quello che devo fare con la *Tale*, quella di cui non mi lasci dire il nome?», chiese Nicole già quasi disperata al telefono. «Mi avevi detto che mi avresti chiamata stamattina. È tutto il giorno che ti cerco.»

«Sono stata impegnata in riunioni molto importanti.»

Nicole si accorse che la titolare stava parlando in macchina e che c'era qualcun altro con lei. L'ascoltò mormorare il suo nome a qualcuno.

«Possiamo parlare?»

«Certo. Sono con mio marito Enrico. Stiamo andando a casa. Dimmi.»

«Dimmi tu, come mi devo comportare con la *Tale*...»

«Cerca di capire cosa sta facendo alla Sagar. Voglio sapere esattamente cosa fa, quali sono i suoi progetti. Poi me li invii. Voglio avere in anticipo i lavori che lei intende pubblicare.»

«Ma per fare questo devo entrare nel suo ufficio e rubare le sue cose!»

«Non sarà difficile, no? Sei lì tutto il giorno... vai nel suo ufficio e portami tutti i suoi progetti.»

«Questo è un furto vero e proprio!»

«Io userei un altro termine. È il nostro accordo.»

«Non è vero. Non ne sapevo nulla. Se l'avessi saputo prima, non l'avrei accettato...»

«Troppo tardi. Ti ho licenziata e hai anche firmato un contratto. Adesso lavori per la Sagar a tutti gli effetti. Ora non devi far altro che darmi i progetti su cui Jacqueline sta lavorando. Voglio averli prima che siano pubblicati. Questo è il piano. Poi, nel frattempo, fai pure il lavoro per il quale ti hanno assunta, se non vuoi scappare prima.»

«Rubare, scappare… queste cose non mi piacciono, Elenia. Non sono fatta così.»

«Non volevi una vita migliore? Questo è quello che devi fare per averla, mia cara.»

«Ma non a questo prezzo. Non mi avevi detto quello che avrei dovuto fare. Sapevo solo che dovevo seguirla e capire cosa stesse facendo – roba da investigatore, queste cose qua.»

«Se te l'avessi detto, non avresti accettato.»

Nicole provò una rabbia a dir poco incontrollabile ma, a quel punto, non poteva fare nulla. Era totalmente nelle mani di Elenia.

«Vedrò quello che riesco a fare», disse sconsolata.

«Non devi "provare". Devi "riuscire". Cambia verbo. E non fare cazzate. Ora hai due impieghi. Se ti rifiuti di andare avanti con il piano, non ne avrai nemmeno uno, perché non sei capace di creare nulla. Sai solo fare quello che ti chiedono di fare. Non sarai nessuno nella vita. Quindi, fai quello che ti ho chiesto. Te lo dico per il tuo bene.»

Nessuna risposta.

«Ohi, ma mi stai ascoltando?»

«Sì, che ti ascolto.»

«Allora fammi avere i lavori che Jacqueline intende pubblicare. Quanto prima. È fondamentale. Questo è il piano. Fallo, e riavrai il tuo lavoro qui con me in agenzia.»

Nicole non rispose perché, dopo aver scoperto cosa significasse avere a che fare con Elenia Giusti, tornare a lavorare di nuovo alla Solo Lettere era l'ultima cosa che voleva al mondo.

«Intesi?»

«Ok. Lo farò.»

«Bene. Adesso vai e dammi notizie.»

Chiuse il telefono in faccia a Nicole che, sebbene amareggiata, sapeva di non avere più scelta.

SAGAR

Le non regole

Le nuove regole create dal Signor Del Castro entrarono in funzione nella data stabilita: due settimane esatte dopo la riunione che aveva colto tutti i dipendenti della casa editrice di sorpresa, lasciando molti allibiti o increduli. Nessuno rimase indifferente a un cambiamento di tale portata.

Poche aziende a São Paulo del Brasile potevano vantare di offrire ai propri dipendenti una tale condizione di dignità al lavoro come quella, purtroppo ancora considerata surreale o utopistica da tanti.

Eppure il nuovo ingranaggio nella Sagar sembrava funzionare, a partire proprio dall'orario flessibile di entrata e uscita, uno dei cambiamenti tanto controversi quanto apprezzati. Quest'innovazione divenne subito operativa per far sì che i dipendenti iniziassero ad abituarsi con la gestione della propria libertà.

Nicole, pronta ad architettare il proprio piano di entrare nell'ufficio di Jacqueline, pensò che doveva approfittare dell'orario di assenza delle persone.

Aveva addirittura escogitato cosa avrebbe detto o fatto nel caso in cui qualcuno l'avesse vista in un ufficio che non era di sua competenza. Avrebbe affermato che doveva prendere delle misure. Credibile o meno, avrebbe potuto simulare di star veramente lavorando. Dopotutto, era l'unica cosa che le era venuto in mente di dire. Stava cercando di riunire il coraggio necessario per frugare tra le cose di Jacqueline.

Spense il cellulare per qualche ora. Non ne poteva più di avere problemi. Quella sensazione di silenzio tecnologico, senza nessuno che disturbasse i suoi pensieri, le dava pace. Quello che più aveva bisogno in quel momento.

Quando riaccese l'apparecchio, qualche ora dopo, trovò cinque chiamate di Elenia.

Si stranì perché tutte quelle telefonate in quel breve lasso di tempo significavano soltanto una cosa: più problemi per lei.

Preferì non rimandare e la chiamò immediatamente.

«Pronto, Elenia? Sono io…»

«Lascia sempre il cellulare vicino a te e rispondimi. A qualsiasi ora, mi raccomando.»

Infastidita, disse, senza ragionare, una scusa qualsiasi, pur di non ascoltarla.

«Ero in riunione con il Signor Del Castro.»

A Elenia, però, non piacque quella risposta. Percepì il contatto con il direttore come una sorta di confidenza non opportuna per i suoi piani. Poteva essere pericoloso. Aveva chiamato per parlare di Enrico, ma cambiò argomento all'istante.

«Hai già scoperto qualcosa?»

«Di Jacqueline?»

«Ti ho già detto di non pronunciare mai il suo nome lì dentro. La Tale, devi dire.»

«Giusto», commentò, seccata. «Ancora no. Ho qualcosa in mente…»

Nicole non aveva detto il "ma" però Elenia l'aveva sentito comunque.

«Devi farlo entro oggi, massimo domani.»

«Prego?»

«Nicole, sei lì per questo. Non posso aspettare la tua buona volontà. Fallo e basta», sentenziò, chiudendo la chiamata subito dopo.

Senza credere a ciò che aveva appena udito, Nicole rimase con il telefono in mano. Più che sconcertata, era completamente spiazzata. E il paragone di Elenia Giusti e Santiago del Castro le venne subito in mente. Era impossibile non farlo.

Il momento era arrivato. Non poteva più procrastinare. Giusto o sbagliato che fosse, doveva mettere da parte ciò che provava e attuare il piano. Senza ancora ben sapere come.

RODRIGO. JACQUELINE.

Quando il vento forte agita le acque

«Siediti qua.»

Quello non era un invito. Rodrigo era visibilmente impensierito e nervoso.

Incrociava le mani, stringendosi le dita con inquietudine, in un chiaro stato di apprensione.

Lei lo guardò e si accigliò, diventando seria quando vide l'espressione sul volto del fidanzato. Si sedette davanti a lui, in silenzio.

«Devo parlare con te perché voglio che tu sappia la verità. Non voglio perdermi in spiegazioni o giustificazioni.» Si guardò le mani, alzò lo sguardo con sicurezza e confessò.

«Sono uscito con una donna. Siamo andati a cena…»

Jackie non aveva ancora ascoltato il resto della frase, eppure già aveva capito tutto.

«Da come parli sembra che tu debba raccontarmi molto di più. Che è successo? Siete andati anche a letto, vero?»

Rodrigo la guardò con stupore e timore.

Jacqueline non disse altro. I suoi occhi si riempirono di lacrime.

«So che è doloroso per te, e mi dispiace profondamente. Non capisco più cosa mi stia succedendo. Non volevo dirtelo, ma sono molto confuso, e non posso più ignorare i miei sentimenti. Mi dispiace davvero, Jackie, perché io ti amo.»

«Tu vai a letto con un'altra donna, mi dici che non puoi più ignorare ciò che provi per lei ma che mi ami?» La voce era tremante e lo sguardo deluso.

«So che può sembrare un controsenso, ma…»

«Ma lo è, Rodrigo. È un enorme controsenso, non so se ti rendi conto…»

«Non voglio ferirti.»

«L'hai appena fatto…»

Rimasero in silenzio per qualche istante.

«Non credo che tu abbia bisogno di tempo per riflettere su cosa vuoi fare o con chi vuoi restare.»

«E invece sì. Non posso vivere senza di te.»

«E di lei? Puoi vivere senza di lei? Cosa vorresti fare, a questo punto?»

«Non lo so. Non posso risponderti perché non lo so veramente.»

«Se ti conosco bene, ti basta solo il coraggio di ammettere che non vuoi più stare con me: lo vedo. Sei scosso, stravolto…»

«Beh, hai ragione. Sono turbato.»

«Turbato? Sei innamorato perso! Almeno io possiedo la sincerità per dirtelo.»

Nessuna risposta. Nessun movimento. Rodrigo rimase immobile nella sua posizione, riguardandosi ancora le mani. Alzò lo sguardo cercando gli occhi della ragazza.

«Ho tanto bisogno di te, Jackie…»

«Allora chiudi questa storia.»

«Non posso farlo. Adesso proprio no.»

«Non puoi? Che significa "non puoi"? Che mi stai dicendo? Non è che per caso vorresti stare con me e con lei finché non ti deciderai?»

«Beh, in effetti… ci ho anche pensato…»

«Non riesco a credere che tu mi stia proponendo una cosa del genere, Rodrigo!»

«Sono in una situazione molto difficile e delicata. Non voglio perderti, ma non posso nemmeno chiudere questa situazione…»

«Per me è così semplice, invece… anzi, chiara e trasparente. Hai già preso la tua decisione. Dimmi una cosa: per questo non hai voluto venire ad abitare da me? A causa di questa donna?»

«Sì. Per lei. Ero già nel pallone e non sapevo cosa fare. Avevo bisogno di tempo allora, come ne ho bisogno tutt'ora. Jackie, ti prego!»

«No, dottor Rodrigo Antonielli. Sono io che ti chiedo di avere un po' di decenza. Prenditi le tue responsabilità e vai a vivere con lei, perché con me hai chiuso in questo momento.»

«Jackie, ma non posso vivere senza di te...»

«Hai solo paura di spiccare il volo, perché la tua decisione è già presa nel tuo cuore.»

«Io ti amo…»

«Non è questo l'amore che voglio. A te le parole importanti escono con molta facilità. Direi con leggerezza, proprio. Ecco perché mi hai chiesto addirittura di sposarti…»

«Io lo volevo. Te lo giuro. È che quando l'ho conosciuta ha stravolto i miei piani…»

«Ma ti stai ascoltando? Un'altra conferma che la donna della tua vita non sono io. È lei.»

«Possiamo parlarne domani? Oggi sei troppo scossa.»

«Non abbiamo altro da dirci. Ora ti chiedo di andare via. Voglio restare sola. Per favore.»

Rodrigo si alzò del divano, quello dove avevano avuto tanti momenti belli e spensierati.

«Ok. Come vuoi. Ma domani ti chiamo.»

Rodrigo cercò di darle un bacio sulla guancia, ma lei si schivò. Piegò la testa tutta dall'altra parte.

«Non c'è bisogno. Buona notte.»

Rodrigo uscì dalla residenza di Jacqueline sconvolto, ma con una sola cosa in testa.

JACQUELINE

Necessità

«Ti posso parlare? Ho bisogno di raccontarti ciò che è appena successo.»

«Sì, certo. Ma che voce… aspetta che vado in camera, così parliamo meglio.»

«Sei a cena?»

«No, no. Stiamo guardando un film.»

«Lascia, Verò, non voglio rovinarti la serata; non lasciare Gui solo. Domani parliamo.»

«Assolutamente no. Mi sono seduta bella comoda nel mio letto, così possiamo parlare quanto vuoi, che il tono della tua voce non mi piace per niente. Dimmi. Che c'è?»

«Rodrigo.»

«Dai, Ragazza, non tenermi sulle spine. Dimmi che è successo.»

«Abbiamo litigato.»

«Sentendoti, non credo che sia stata una cosina da poco…»

«No, affatto. Lui è uscito con un'altra donna e sono finiti a letto insieme.»

«Ah.»

«Ma non è tutto.»

«E che può essere peggio di questo? Non me lo dire che…»

«Proprio così. Lui si è innamorato di lei.»

«Te l'ha detto lui o li hai beccati insieme?»

«Me l'ha appena fatto capire. È uscito proprio in questo istante, probabilmente per andare da lei. Se così fosse, ti giuro che ho chiuso veramente con lui.»

RODRIGO

Necessità

«Scusami se ti disturbo, ma ho tanto bisogno di parlare con te. Sei al lavoro?»

«Sì, certo, e dove sennò? Solo tu per farmi uscire da questo posto... e sappi che puoi chiamarmi quando vuoi. Mi fa piacere sentirti, lo sai.»

«Sto venendo da te. Riesci almeno a passare al bar per un secondo? Voglio dirti una cosa. È importante.»

Il cuore di Eva accelerò il battito e si riempì di speranza.

«Certo. Tengo il balcone d'occhio. Appena ti vedo, arrivo.»

«A dopo... ti voglio tanto... sempre...»

Eva scelse di non rispondere.

JACQUELINE

Cambiamenti

«Jackie, non sai quanto mi dispiace. Te lo giuro. Credevo in voi due.»

«Anch'io. Credevo molto in lui e nella nostra storia. Però ho capito che non è la persona che pensavo che fosse.»

«Quando si è delusi o in colera non vediamo le cose oggettivamente. La lente del caleidoscopio con la quale guardiamo la realtà non è mai quella giusta. Cerca di non giudicarlo in questo momento.»

«Ci sto provando a non giudicare le persone, anche se ogniqualvolta mi sorprendo a farlo ancora. È difficile… sappiamo entrambe che è la prima cosa che si fa. Comunque, qui non si tratta di giudicare o meno. Questo è il momento in cui si vede di che tempra uno è fatto. In pratica, lui è uscito con un'altra, hanno scopato e ha avuto anche il coraggio di dirmi che mi ama e che non vuole perdermi…»

«Allora c'è ancora una speranza per voi…»

«Verò, non dire nulla. Ti racconto tutto e dopo parli, perché non hai capito ancora. Non stai vedendo le cose per come sono.»

«Ok, scusami. È che faccio fatica a crederci.»

«Hai ragione – riesce difficile pure a me… lasciami finire, però.»

Jacqueline fece un respiro profondo e si calmò quando percepì il silenzio di Veronica.

«Allora, come dicevo, è successo di tutto e di più. Poi, mi ha chiesto del tempo per decidere, solo che nel mentre mi ha pure detto che non poteva chiudere con lei. Quindi, in pratica, io dovrei stare in questa situazione a tre finché il belloccio non si decide. Che mi dici adesso? Lo sto giudicando?»

«No. Non lo stai giudicando affatto. Non è possibile. Con quale coraggio…»

Jacqueline udì il respiro profondo dell'amica Veronica.

«Prima che incontrasse questa donna, mi aveva anche chiesto di abitare insieme, ma non gli avevo ancora risposto. Sarà successo per questo? Sono distrutta, guarda.» Non si dava pace.

«Tanto non avrebbe cambiato nulla. Anzi. Forse è stato meglio così. Ma perché non gli hai risposto?»

«Perché stavamo sempre insieme. Credevo non ce ne fosse bisogno.»

«Invece non si può dare nulla per scontato, amica mia. Ogni secondo della nostra vita dovrebbe essere vissuto come l'unico.»

«E noi lo dimentichiamo e non lo facciamo. Diamo tutto per scontato, credendo che certe cose non ci succederanno…»

«Non ti colpevolizzare. Non sei questo tipo di persona. Non hai nessuna colpa tu, né le cose sarebbero state diverse se gli avessi dato una risposta. Lei ci sarebbe stata comunque nel suo cammino.»

«Già. Nel suo cammino di Luce, come c'è scritto nel suo tatuaggio… probabilmente, ora, la sua luce non sono più io.»

RODRIGO

Cambiamenti. Necessità cambiate

Eva era al bagno quando le arrivò il messaggio. Ripassava rapidamente la cipria per togliere l'effetto lucido qua e là nel viso. Si soffermò sul naso, una zona sempre grassa. Poi pescò il rossetto, che non usciva dalla borsa, per passarlo rapidamente sulle labbra. Il gloss rosa chiaro le donava molto e allo stesso tempo distoglieva l'attenzione dai suoi occhi stanchi, anche se in quel momento tutta la stanchezza della giornata era sparita come per magia. Spruzzò un po' di acqua profumata sulle braccia e collo, e uscì per incontrare Rodrigo, già seduto al bar.

«Buona sera, *dottore*...», lo salutò con la solita spigliatezza.

«Se fosse per me vorrei che tu me lo dicessi tutta la notte...»

«Lo farei molto volentieri ma oggi non posso. Sono già uscita l'altro ieri; non posso lasciare il mio posto di lavoro tutte le volte che voglio. A meno che non sia per una cosa grave. Se il tuo diagnostico fosse grave, potrei anche farlo... dimmi: lo è?»

«Dipende. Per me può esserlo. Per te non lo so.»

«Se riguarda te, *dottore*, non c'è nulla di serio. Lo sai bene come finiscono le cose tra me e te...»

«In effetti è proprio questo...»

«Cioè?»

«Ho parlato con la mia fidanzata. Non lo so ancora, ma probabilmente Jacqueline ha chiuso con me.»

Eva non titubò.

«E come ti senti ora, a pensare che non ci sia più nella tua vita?»

«Non lo so. Non riesco ancora a capacitarmene.»

«Perché? Non puoi vivere senza di lei?»

«Le voglio bene e credo che gliene vorrò ancora. Ma tu mi hai travolto… sono due sentimenti totalmente diversi.»

Eva si aprì in un sorriso felino.

«Sono mooolto felice di ascoltarlo. Ricordati sempre che hai la tua vita nelle tue mani. Non dovresti sprecarla, né tantomeno accontentarti, semplicemente. Dovresti vivere come vuoi. Avere *tutto* ciò che vuoi. Per sempre.»

Voleva farlo ragionare su come avrebbe potuto essere stata la sua vita da quel momento in poi. Con lei.

Rodrigo poggiò una mano sopra le sue, in croce sul bancone.

«Non so cosa perderò nella mia vita, ma so quello che voglio adesso.» Il medico guardò la donna intensamente, e lei si lasciò andare sotto quegli occhi penetranti.

«Vedo in te un mondo che vorrei scoprire. Voglio conoscere la donna che si nasconde dietro a questo sguardo enigmatico.»

«È un segreto che condivido con pochi…»

«Cosa bisogna fare per conoscere questo tuo segreto?»

«Posso solo dirti che c'entra con la nostra connessione. Il resto dovrai scoprirlo…»

«Che è la parte più bella – la nostra connessione è vera, genuina, travolgente, proprio come quella che abbiamo a letto. Credo di non aver mai avuto o vissuto momenti così profondi con un'altra donna.»

«Ma io non sono una donna qualsiasi…»

«Me n'ero già accorto. Ti desidero tantissimo. Non posso più rimanere qui a parlare con te. Devo vederti. Stiamo insieme più tardi?»

«Oggi non riesco. Matty starà con me dopo il lavoro.» La sua intenzione era di farlo attendere. Desiderarla ancora di più.

«Domani?»

«Può darsi…»

«Non sai quanto ti voglio…»

«A domani.»

JACQUELINE

Necessità cambiate

«Quand'è che si smette di soffrire?», chiese, triste e scoraggiata all'amica.

«Quando ne hai abbastanza. A quanto pare, non ti sei ancora stufata», la punzecchiò.

«Credimi, più stufa di così…»

Si lasciò sprofondare nel divano e sospirò.

«Pensavo di aver già dato, con tutto quello che mi è successo con Tiziano. E invece, rieccomi al punto di partenza.»

«Stai soffrendo», affermò con somma certezza. «Questo dolore è uno dei più difficili da superare, lo sappiamo. Però, adesso non pensare a nessuno. Pensa solo a te stessa. Devi focalizzare solo questo, e cercare il modo per star bene di nuovo.»

«E come faccio?»

«Non mi sembra che tu sia una ragazzina così ingenua o sprovveduta… hai fatto cose straordinarie fino adesso. Riprenditi la tua vita in mano.»

«Mi stavo già abituando…»

«Ad avere una persona accanto o a lasciar da parte qualche obiettivo personale? Perché stare insieme a una persona significa *anche* dover lasciare da parte alcuni progetti individuali per il bene della coppia. A cosa ti stavi abituando?»

«Non lo so. Forse a non pensare più ai miei progetti come priorità.»

«E qui ti sbagli di grosso, perché i tuoi progetti personali non li devi mai e poi mai perdere di vista. Non devi vivere la vita di nessuno, dimenticandoti o annullandoti. Devi vivere la tua.»

«Ma ero felice...»

«Si può essere felice ugualmente costruendo il tuo progetto di vita in parallelo alla vita di coppia. Non è questo il punto, Jackie. A quanto sembra non c'era più una coppia; avevi un'idea di quello che sembrava essere una coppia insieme a Rodrigo. Ora non ti devi più preoccupare del punto di partenza, ma solo del *tuo* cammino. Quello che vuoi essere e chi vuoi diventare. Dobbiamo reinventarci sempre. Fa parte della storia dell'essere umano. Ricostruirci e reinventarci sta nel nostro DNA.»

«Mi sa che faccio solo questo...»

«No. Tu hai la possibilità di essere sempre migliore. Hai nuove opportunità. Nuovi orizzonti. Stai guardando dalla parte sbagliata del tuo...»

«...CA-LEI-DOS-CO-PIO», dissero entrambe all'unisono.

Sorrisero entrambe.

«Già. Lo sai anche tu.»

«Per forza. Me lo dici sempre...»

«Non ti dimenticare che ora puoi fare ciò che vuoi. Non ti disperare, dai. E se questo, che adesso ti sembra una disgrazia, fosse successo per farti capire meglio chi non vale la pena avere nella tua vita? O per prepararti per chi finalmente arriverà per farti felice...»

«Uomini... bah! Non me ne parlare...»

«Ma come si chiama quello carinissimo alla Sagar?»

«Chi? Rilley? Dai, Verò, ti prego!»

«Dagli una chance. Mica devi sposarlo, solo uscire insieme per un caffè o roba del genere...»

«Senti. Se mi vuoi bene, non mi parlare di uomini, ok?»

«E invece te ne parlo eccome! O vuoi restare ferma, mentre il tempo passa per tutti, e lui se la gode con quell'altra? La vita passa molto in fretta, amica mia. Lui non merita che ti fermi a causa sua.»

«Ci proverò…»

«Devi farcela. È diverso. Non sei responsabile per quello che ti hanno fatto, ma sei responsabile per ciò che decidi di fare d'ora in avanti. È il tuo momento per riconnetterti con te stessa, e scoprire ciò che vuoi e chi ti meriti. Anzi, ricordati che ognuno di noi ha l'amore che crede di meritare. Quindi, per favore, da adesso in poi, non scordare che sei la persona più importante della tua vita.»

«In questo momento mi sento molto debole per crederlo.»

«Invece sei una donna estremamente forte e determinata.»

«Nemmeno ci penso…»

«Ma io sono qui al tuo fianco per ricordartelo ogni volta che ci sarà bisogno.»

«Grazie, Veronica. Sei veramente speciale.»

«Perché lo sei per me… e non piangere. Le lacrime ti impediranno di vedere le stelle.»

«Ci proverò, anche questo. A domani.»

«A domani.»

NICOLE-SAGAR

L'investigatrice

Non era stata soltanto incaricata da Elenia Giusti di ottenere informazioni sui prossimi progetti di lanci dei libri curati da Jacqueline. Era stata sobbarcata.

«Sono la pecora nera in mezzo a tutte queste persone. Ciascuna è molto rispettabile e importante nel proprio campo e io sto per compiere un lavoro indegno. Il cielo me ne scampi.»

Di lì a poco si sarebbe comportata come una vera spia nella casa editrice. Però, non le sembrava più la mossa giusta da svolgere. Non era nemmeno più tanto sicura di ciò che stava per fare. Provò un forte disagio e più sentimenti in contemporanea per quel suo comportamento a dir poco riprovevole.

Per il poco che conosceva Elenia, aveva la piena consapevolezza che non esisteva la possibilità, per quanto remota, di non portarle alcun tipo di risultato. Non era questione di riuscire o meno. Doveva farlo. In poche parole, era nella stessa condizione del "*must do*" in inglese, con tutta la sua obbligatorietà. Non aveva scelta.

Era cosciente della sua situazione, e principalmente delle conseguenze, ma non era neanche questo che la turbava. Quella situazione di spionaggio la stava mettendo a dura prova per un unico motivo.

Il dubbio della ormai interior design nelle vesti di spia non riguardava più le informazioni riservate che doveva ottenere, ma per quale scopo la proprietaria della Solo Lettere le volesse.

«Per qualche azione malevola o per sabotaggio, non ho dubbi. Ma che differenza c'è», domandò a sé stessa ad alta voce. «Nella prima ipotesi potrebbe significare che Elenia stia facendo di tutto per togliere la credibilità di Jacqueline e il suo valore nella casa editrice, o addirittura nel mercato letterario. Nella seconda che voglia distruggerla qui alla Sagar. Qualunque sia la sua idea, ovviamente il fine non è affatto benevolo, e io sono dentro fino al collo in questo gioco sporco.» Quel pensiero la turbava.

In realtà Nicole sospettava molto di più di quello che poteva anche solo immaginare. E si sentiva in colpa, senza ben capire il motivo.

I suoi obbiettivi, fino al suo arrivo nel nuovo impiego, erano una retta via molto semplice. Tutto quello che aveva fatto finora era stato realizzato con leggerezza e senza coinvolgimenti. Sapeva che non avrebbe potuto arrivare da nessuna parte altrimenti. Sapeva anche ciò che voleva, anche se non era consapevole di come arrivarci, e combinava qualche guaio o pasticcio qua e là nel frattempo.

Comunque non era amorale come Elenia Giusti. A lei il titolo non lo toglieva nessuno. Ma era certamente disposta a scendere a molti compromessi pur di ottenere quel che desiderava.

Ciò che aveva vissuto fino a quel momento alla Sagar aveva cambiato le sue prospettive. Nicole era facilmente influenzabile dalle persone che le comunicavano qualcosa. E Maria Jacqueline in qualche modo la disturbava: il suo carattere, così forte, determinato, capace di fare qualsiasi cosa, la intimidiva persino. La fece ripensare al motivo per il quale si trovava lì in quel momento.

Nonostante volesse ancora la vita diversa che sognava, non era più tanto sicura che fosse Elenia a potergliela dare, pur sentendosi ancora del tutto legata a lei. Non poteva afferrarsi alla finzione di essere un'interior designer, che prima o poi sarebbe finita, e senza un lavoro vero alla Sagar, doveva aggrapparsi alla

Solo Lettere. Malgrado ciò, non voleva pregiudicare nessuno, tantomeno Jacqueline.

C'era qualcosa di speciale in quella ragazza così vera, disinvolta e capace, che aveva fatto traballare il suo distacco per agire imperturbabilmente. Sin dal loro primo incontro aveva percepito un qualcosa che si avvicinava molto all'ammirazione, nientemeno. Sentimento da lei mai provato prima. Tanto che non sapeva neppure definire quella strana "sensazione".

Questa nuova percezione della realtà non le piaceva affatto. Era la prima volta che provava questo tipo di sensibilità verso qualcuno. A un tratto, la realtà cominciò a essere diversa. Nicole si trovava a vivere in una situazione decisamente complicata, in cui non si sarebbe mai trovata se Elenia avesse chiarito tutto prima.

RILLEY

«**S**to passando solo per darti il mio buongiorno esclusivo e per augurarti una buona giornata. Me ne vado… ciao!»

«Ehi! Ma che bella espressione che hai… che ti è successo?»

Jacqueline, sorpresa, parlò da sola, perché il bel visino di Rilley era già sparito dal suo campo visivo.

Ascoltò il ticchettio dei suoi passi nel corridoio; sembrava stesse ritornando. Infatti, lo vide sbucare di nuovo dalla porta.

«Una buona nottata di sonno fa miracoli, non so se lo sai; dovresti provarla anche tu. Hai un'espressione davvero cupa. Quasi non ti riconosco, Ragazza. Che ti è successo te lo chiedo io…»

«Ho un po' di problemi, tutto qui. Non è nulla.»

«Come puoi dirmi che non è accaduto niente? Non sei nemmeno te, oggi. Hai uno sguardo davvero triste. Ascolta…», lo disse mentre le si avvicinava. «Se non me lo vuoi raccontare, io ti rispetto, ma non dire che non c'è nulla perché è successo, e come…»

Jacqueline lo guardò negli occhi e si accigliò.

«Si vede così tanto?»

«Se si vede?» A Rilley scappò un sorriso che aveva poco a che fare con l'allegria. «Tu sei distrutta, Bellezza. Che ti è successo di così tanto grave? C'entra il tuo fidanzato, per caso?»

Per qualche secondo Jacqueline non rispose. Semplicemente lo fissò. Aveva bisogno di parlare, anche se quello non era il momento ideale. Stava preparando il materiale e i fogli da portare alla riunione che avrebbe avuto fra non molto con i suoi ragazzi.

Non ci fu bisogno di altro per Rilley per capire.

«Lo sapevo. Che ha combinato quel dottorino bastardo?»

«Non è bastardo…»

«Ne sei proprio sicura?»

«A questo punto non lo so, guarda. Nemmeno io lo riconosco più, o forse non lo conoscevo affatto…»

«… o semplicemente si sta dimostrando per quello che è… per caso stiamo parlando di un'altra? È questo il problema? Ho indovinato?»

«Eh sì. E a vederlo, non mi sembra che si tratti solo di una scappatella.»

«Ahia…»

Rilley rimase in silenzio. Era sinceramente dispiaciuto. Infine, la spronò:

«Con me puoi parlare, lo sai. Perché non andiamo da qualche parte, solo per conversare. Puoi stare tranquilla, sai anche questo…»

«Certo che lo so. È che non me la sento proprio. Voglio solo finire questa riunione quanto prima e tornare a casa – mi sa che per la prima volta ne approfitterò, visto che non abbiamo più orari fissi. Oggi l'unica cosa che voglio fare è dormire…»

«Ok, come vuoi. Ma se cambi idea… io ci sono sempre per te.»

«Ti ringrazio, Ry. Sei davvero caro. Ho bisogno solo di riposo. Per cercare di dimenticare tutto il più in fretta possibile.»

«Certo, ti capisco. Ti lascio adesso. Ma se cambi idea…»

NICOLE

Decisa

Che Nicole le stesse addosso non era una novità. Ma quel giorno proprio no. La pazienza di Jacqueline, che di solito ne aveva, non era arrivata solo ai minimi livelli. Era sparita del tutto.

La riunione con i suoi ragazzi fu molto produttiva. Lei invitò Gustavo Leite a fare l'editing dei propri testi che sarebbero andati a comporre il secondo volume della sua collana "Per il gusto di leggere".

Lui accettò la proposta con così tanto desiderio di farne un buon lavoro da migliorarle anche l'umore. Lavorare con passione nel proprio mestiere fa miracoli.

Quel giorno, Jacqueline aveva deciso di andare a casa subito dopo pranzo, ma siccome si dilungò parlando con Gustavo, il suo autore junior preferito, si trattenne un po' di più. Abbastanza per sentirsi di nuovo nervosa a causa della presenza ingombrante di Nicole.

Nondimeno, bramava ogni situazione e momento per parlarle o starle vicino: pausa, caffè, pranzo. La cercava addirittura nel bagno. Jacqueline non faceva due passi nella Sagar senza trovare Nicole da qualche parte. Ogniqualvolta si muovesse, la incrociava sempre.

Non poteva immaginare che l'interior designer cercasse in tutti i modi di avvicinarla per comprendere il suo metodo di lavoro, conoscere i suoi progetti e principalmente per scoprire le sue idee. Peccato che non pensò di cercare la sua amicizia per prima.

In una normale conversazione, partiva da domande innocenti, come: "Qual è la tua tecnica per scegliere i manoscritti?" o "Come svolgi il tuo lavoro?" ogni volta che poteva. L'obbiettivo era arrivare subito alle informazioni chiave per lei: "Quali sono i tuoi progetti futuri?" o "Che libro pubblicherai?", pur essendo cosciente che non era questo il canale giusto per scoprire qualcosa. Ma intanto provava. Elenia le stava facendo molta pressione.

Se da una parte era costretta a scoprire quanto prima le anticipazioni per le quali si trovava a lavorare ogni giorno alla Sagar, il momento per fare tali domande era ancora troppo acerbo. Doveva, per forza di cose, trovare l'approccio adeguato nel momento giusto, che sembrava non arrivare mai.

Così, con il passare dei giorni, sia per l'insuccesso di Nicole, che non otteneva nessuna risposta o rivelazione importante, sia perché si faceva trovare nelle situazioni più insolite insieme o vicino a lei, Jacqueline iniziò a insospettirsi.

La conferma che la sua presenza non fosse così casuale arrivò proprio quel giorno, quando la vide scrivere chissà cosa su un piccolo block-notes giallo e rosso. I colori erano talmente forti che era impossibile non notarlo.

Quando Jackie la vide ferma, nel corridoio, distante qualche passo dal suo ufficio, mentre scriveva sul blocchetto appoggiato nelle mani, si adirò. Era già troppo triste e irritata per avere anche Nicole tra i piedi.

Jacqueline era talmente risentita e suscettibile che capì che avrebbe fatto meglio a tornare a casa. Non ne poteva più veramente.

Raccolse le sue cose, prese la borsa e spinse la sedia vicino alla sua scrivania, dimenticandosi però, nella rabbia e nella fretta di partire, di spegnere il suo computer.

JACQUELINE

Decisa

«Ti disturbo? Adesso sono io che te lo chiedo…»

«Mi disturbi tanto che stavo per mandarti un messaggio, pensa te… volevo sapere come stavi, quindi mi hai solo anticipato. Ci saremmo sentiti comunque. Non stavi per niente bene stamattina e dopo non ti ho vista più in ufficio.»

«Grazie, Ry. In effetti non stavo proprio bene.»

«Stai meglio adesso?»

«Non proprio. Anche se nella riunione con i ragazzi Gustavo mi ha cambiato un po' l'umore. Quel ragazzotto è davvero bravo. Sono sicura che lui abbia un futuro da scrittore davanti a sé. È un dono, il suo, e non deve essere sprecato. Non gli permetterò di sprecarlo. Per questo motivo lo incentivo molto e cerco di dargli spazio e opportunità ogni volta che posso. Oggi gli ho fatto fare l'editing del proprio testo e sai che se la cava bene anche in questa veste? Arriverà lontano, ne sono sicura. Ha solo bisogno di qualcuno che lo guidi.»

Jacqueline era orgogliosa della sua "creaturina". Tanto che questa sua scoperta riusciva anche a lenire in qualche modo la propria sofferenza.

«Gustavo piace anche a me. È molto solare, simpatico. Si vede. Poi… se piace a te, che ci lavori a stretto contatto, allora sarà bravo davvero. Non ho nessun dubbio.»

«Questo è il mio parere. Per te può essere diverso…»

«Non credo. Se lo dici tu, sicuramente è così.»

«Ciò che hai appena detto a casa mia si chiama fiducia.»

«Anche nella mia. Infatti lo è.»

«Ti fidi così tanto di me?»

La voce di Rilley diventò calda, più bassa. «Più di quanto tu possa immaginare, Bellezza mia…»

Lei rimase in silenzio.

Quelle parole le causarono una certa agitazione, smuovendo un po' della tristezza che provava.

«Che c'è, Jackie? Davvero non vuoi dirmi cosa ti è successo?»

«Ti ho chiamato… forse inconsciamente volevo parlartene…»

«Allora non abbiamo nessuna fretta. Sono qui per te. Dimmi tutto, o solo quello che vuoi.»

«È Rodrigo. Ancora non abbiamo chiuso, ma se andiamo avanti così, so già che mi lascerà. Per quell'altra.»

«Se lui non sa darti valore è perché non ti merita. E non è un cliché. È la pura verità. Questo ragazzo ha te e va a cercare un'altra donna?»

«Mi sento nel buio più totale.»

«Cosa vuoi fare adesso? Vuoi recuperare il rapporto?»

«Non lo so…»

«Perché? È il tuo ego che te lo impedisce a causa dell'orgoglio?»

«No. È la mia autostima che mi sta dicendo che è meglio voltare pagina.»

Rilley capì Jacqueline all'istante e non perse tempo.

«Senti. Ma perché non usciamo? Ti farà solo bene…»

«Ma già mi sono messa il pigiama…»

«Pigiama? No, no, no, no, no… le brave ragazze non si mettono il pigiamone alle 9 di sera. Le brave ragazze escono e si divertono, lo sapevi? O te lo sei dimenticata?»

«Più o meno…»

«Eh, Bellezza… ti ho detto che sei abituata male; tu non mi credi… facciamo una cosa: mettiti qualcosa che passo da te e andiamo da qualche parte; un posticino tranquillo. Così possiamo parlare con più tranquillità.»

«Non ho nemmeno voglia di cambiarmi. Ti avrei detto di passare qui.»

«Meglio di no…»

«Perché?»

«Perché va a finire in merda, non so se mi spiego…»

Jacqueline rise di gusto.

«È più sicuro per te se ti aspetto in macchina, Bellezza. Scherzo. Mica tanto, però… comunque, dai, ci vediamo sotto casa tua. Giusto per un drink, ok?»

«Ma non ho ancora cenato – se bevo a stomaco vuoto…»

«È un sì, per caso?», chiese conferma, già sentendo il sapore della vittoria. «Allora meglio ancora, perché non ho cenato nemmeno io e mangeremo un boccone insieme. Ti va?»

«Ok, Ry – mi arrendo. Hai vinto.»

«È la cosa più saggia che avresti potuto fare oggi. Dammi retta…»

«Mi farà bene.»

Rilley scoppiò a ridere.

«Anche a me!»

«Mi metto un paio di jeans e sarò pronta in cinque minuti, va bene?»

«Queste donne che si cambiano in un lampo meritano tutta la mia ammirazione…»

«Solo perché non ho voglia di infiocchettarmi», mormorò.

Rilley udì il sorriso ovattato di Jacqueline, quasi sofferto, dall'altra parte della linea.

«Non hai bisogno di nulla. Sei già bellissima. Per me potresti uscire anche col pigiama. Non me ne frega niente. Ma mettiti pure il jeans e sei appostissimo…»

«Allora, vado. Conteggio regressivo da adesso in poi?»

«Ah, ma mi stai provocando…»

«Certo! 10 minutini?» Suggerì con tono di sfida.

«Beh, in tal caso… almeno 15. E il transito, per te non conta, Baby?»

«Va bene, sarò clemente, e ti lascio altri 5 per il traffico. Non più di 15, però. Inizio?»

«Vai!»

«14:59, sto già aprendo la porta dell'armadio per cambiarmi, 14:58, 14:57…»

«Così non vale – ti stai avvantaggiando.»

«14:56, 14:55…»

«Vedrai che sarò lì sotto prima di te. Vuoi scommettere?»

«Non ci credo nemmeno se lo vedo…»

RILLEY

Deciso

«Non ti ho detto che sarei arrivato per primo?»

«Solo per questione di millisecondi», lo punzecchiò.

«Non mi sembra. Guarda il messaggio che ti ho mandato dicendo che ero arrivato. Non c'eri ancora…»

«Stavo per scendere le scale, ma dal momento che eri già arrivato, me la sono presa comoda e ti ho fatto aspettare», ribatté Jacqueline sorridendo, per attenuare l'aria di vittoria di Rilley.

«Che c'è, Ragazza? Non vuoi darmela vinta?»

«Non mi piace perdere una scommessa. È diverso», Jacqueline scoppiò a ridere, trascinandolo nel suo ritrovato buonumore.

«Mi piace vederti così…»

«Cerco di non buttarmi giù. Non mi piace neanche arrendermi.»

«Brava! Non sarà un dottorino qualunque a farti stare male.»

«Oggi non si parla di "medicina", ok?»

«D'accordo. Così ti voglio. Allora? Dove andiamo?»

«Scegli te, che in questo momento voglio solo divertirmi», rispose Jackie distendendosi nel sedile della macchina di Rilley in totale rilassamento.

Lei non se ne accorse, ma lui le indirizzò uno sguardo veloce con un sorriso compiaciuto prima di avviare l'auto.

«Ti ho già detto – lascia fare a me, Bellezza, e almeno oggi così sarà… andiamo!»

Rilley scelse un locale tranquillo e carino, proprio come aveva promesso a Maria Jacqueline.

Mangiarono un succulento hamburger con porzioni di patatine fritte. La serata doveva essere spensierata.

Jacqueline si sentiva più tranquilla. Merito, forse, della compagnia, perché del boccale piccolo di birra scura che ogni tanto sorseggiava non lo era affatto.

Inaspettatamente, il ragazzo alzò il braccio e chiese un unico bicchierino di Tequila. Subito dopo, con la stessa rapidità con cui era stato chiamato, il cameriere appoggiò sul tavolo un vassoio in ardesia con un piccolo bicchiere con del sale intorno al bordo e fette di limone già tagliate.

«Un goccio e starai subito meglio», la incitò, allungandole il bicchierino. «Prova!»

«Non mi piace la Tequila. Troppo forte.»

«Col limone non la senti nemmeno. Un giro lo devi fare. Adesso tocca a te, dopo a me…»

«Le conversazioni con l'alcool sono pericolose.»

«Ma anche più interessanti. Sono più sincere», si affrettò a dire.

Jacqueline alzò gli occhi al cielo.

«Mmmm, dipende», tergiversò.

«Solo un goccino…»

«Ok, uno solo.»

«Ti farà dimenticare le tue tristezze. Vedrai.»

Jackie prese il bicchierino, alzò le sopracciglia, e lo guardò con la stessa espressione di chi sa che deve prendere un farmaco molto amaro. Lo alzò senza titubare, portandolo alle labbra, e bevve tutta la dose in una solo volta.

Dopodiché, strinse gli occhi, con una smorfia, e succhiò il limone come avrebbe fatto uno esperto nel bere il distillato.

Infine, sbatté le palpebre più lentamente, scrutando Rilley, inchiodata nei suoi occhi chiari. Il suo sguardo diventò affranto e lui immediatamente capì quanto lei stesse soffrendo.

«Perché è successo, secondo te?», gli uscì dalla bocca, senza ragionare. «Forse non era così innamorato come diceva o come pensavi che fosse.»

«Lo era.» La voce di Jacqueline era incrinata. «Queste cose si sentono. Probabilmente a modo suo, ma lo era. Dopo che ha iniziato a divulgare il libro che scrisse non ha più avuto tempo per me – per noi –, tra ospedale, studio privato, comparsate televisive… e pensare che il suo libro l'ho pubblicato io… ho creato un mostro.»

«Da quanto tempo vi conoscete?»

«Più o meno un anno tra tutto, dalla prima intervista che doveva essere con la titolare della Solo Lettere, ma che alla fine ho fatta io con lui. È da poco che stiamo insieme veramente.»

«In tutte le relazioni, in qualche momento uno diventa sconosciuto per l'altro. Gli esseri umani cambiano costantemente e, ovviamente, non avanzano o camminano allo stesso ritmo. Molte coppie si separano perché uno pensa di trovarsi in una crisi insormontabile quando per l'altro è solo una fase. Credo sia quello che è successo a voi: improvvisamente siete diventati due estranei. Anche perché non avete avuto tempo per conoscersi…»

«Devo sentirlo come un sollievo?»

«No, certo che no. È solo che penso che non sia così grave. Per quanto tempo siete stati insieme?»

Jacqueline sgranò gli occhi e lo guardò seria. Rilley si corresse.

«State ancora insieme, giusto? O no?»

«Teoricamente sì.»

«Come teoricamente? Le persone non stanno insieme "teoricamente". Ci stanno o non ci stanno. E se lui non sta più con te desumo…»

«In realtà non si è ancora deciso. Se ti devo dire la verità, mi aveva anche proposto di vivere una storia a tre per qualche tempo, finché non avesse deciso   con chi stare.»

Rilley si impietrì per qualche istante.

«Non starai dicendo sul serio…»

«Come no?»

«Ma che canaglia… per uno così non dovresti soffrire nemmeno un'ora. Neanche un secondo. Se lo merita, secondo te?»

«Ovvio che no. Se avessi trovato il bottoncino per scordarmi di lui, o persino cancellarlo della mia mente, l'avrei già fatto, credimi.»

«Se non sarà più tuo è perché non lo era mai stato fino in fondo. Ne sono certo.»

«O meramente è stata solo una questione di tempismo. Magari lui ha trovato in lei qualcosa che io non ho ancora… la lista delle ipotesi sarebbe veramente lunga, non credi?»

«O forse lui è troppo superficiale per te… o vuole un rapporto catalogato alla voce rapporti superficiali barra sesso. Perché no?»

Jacqueline toccò il bicchiere di tequila, vuoto, accarezzandolo con la punta del dito. Rimasero entrambi in silenzio per qualche istante, come a studiarsi reciprocamente, pensando a cosa dire dopo.

«Rodrigo è divorziato, vero?», puntualizzò Rilley. «Me l'hai detto una volta. Allora sarà privo di equilibrio o irrisolto.»

«Sì. Cioè, è divorziato. Se è privo di equilibrio o irrisolto, non so che dirti. L'unica cosa che so è che non posso smettere di vivere, come ho già fatto in passato, mentre lui si sta vivendo una gran bella storia d'amore con questa tipa.»

«Hai ragione.»

«Spesso ad avere ragione non si vince nulla e neanche si va da nessuna parte. Meglio star bene che avere ragione.»

«Stai guardando il problema in faccia e questo non è da tutti. Ti poni dei difficili quesiti esistenziali in un momento in cui non sei affatto in condizioni nemmeno di pensarli. Figuriamoci decidere. Ma sei molto lucida. Questo ti aiuta molto.»

«Lui mi sembra piuttosto determinato a rifarsi la vita con questa donna. Ho questa impressione.»

«E tu dovresti fare la stessa cosa.» La osservò con curiosità.

«Sei arrivato tardi con il tuo consiglio… questa è l'unica cosa che so per certo che farò. Una cosa di cui mi sono resa conto è che non posso fermare la mia vita perché soffro.»

«Ho l'impressione che abbiamo toccato un punto importante, e non voglio accentuare né amplificare le tue ferite. La mia era una semplice constatazione. Un dato di fatto, se proprio vogliamo specificare», mormorò a disagio.

Per un attimo nessuno dei due aggiunse altro. La sua espressione era di difficile interpretazione.

Rilley allungò la mano e toccò il bicchierino quasi come una carezza.

«Però, basta. Non voglio continuare a fare tutte queste introspezioni. Non era questo lo scopo della serata, giusto? Ti dico solo che dovresti stare un attimino più attenta a chi ti sta attorno.»

Non era una semplice frecciatina. Era una bella dritta, vera e propria. Lui rimase in silenzio, come ad aspettare una reazione di Jacqueline.

«Se posso dirti la verità, non mi interessa nessuno.»

«Ma grazie!»

«Perché? Ti stai mettendo in mezzo?»

«E non lo sai che sono il primo della fila? Perché ne hai di pretendenti, e non sono pochi. Ne sei consapevole. Tutti belli, poi…»

«Sì, ma non sono attratta dalla bellezza dei ragazzi. L'attrazione, per me, parte dalla testa…»

«Allora avrò qualche chance?», scherzò con un sorriso sincero. Si accostò alla sua sedia per sdrammatizzare. «Tranquilla, Jackie. So benissimo che non è questo il momento. Ricordati che hai tantissime qualità: sei bella, intelligente, affascinante, simpatica, estrosa, solare, determinata… meriti davvero molto di più che un noioso dottorino qualsiasi che ti lascia passare le notti da sola.»

«Questa sera ho detto fin troppo. Sarà stata la tequila… mi rimane solo da rielaborare tutta questa sofferenza dentro di me. Ancora una volta», soggiunse quasi in un sussurro.

«Mi dispiace vederti abbattuta. Non lasciare che lo sconforto ti porti via. E per quanto dolorosa sia questa conversazione per te, è la prima volta che stiamo parlando veramente. Sappi che mi fa solo piacere conoscerti di più.»

Rilley ebbe l'impulso di accarezzare Jacqueline, ma si trattenne per non spaventarla. Voleva che lei si fidasse di lui, e rimase ancora in silenzio a guardarla. Eppure lei notò il movimento trattenuto della mano del ragazzo.

«Certe volte, dove non arrivano le parole, il silenzio dice tanto. Grazie per i tuoi silenzi. Li apprezzo davvero.»

«Non ti lascerò sola. Mi farò vivo di nuovo – sempre se lasci fare a me», aggiunse, facendole l'occhiolino.»

Si accorse che Maria Jacqueline si toccava i capelli in un modo particolare mentre lo ascoltava. Se si poteva fidare delle teorie del linguaggio del corpo, quello era un segno più che positivo.

Jackie si piegò un pochino in avanti sul tavolo e lo guardò, confermando la sua stessa teoria. Se non si sentiva ancora interessata, quanto meno era di sicuro più aperta nei confronti di Rilley.

Lui, invece, quella sera capì che non era solo attratto fisicamente da Jacqueline. Lei gli interessava veramente.

JACQUELINE

Le decisioni

Quando Jackie si accorse di voler scegliere un look più sexy per andare a lavorare, le sue labbra si curvarono all'insù. Un sorriso accennato comparve sul suo viso, ripensando all'inequivocabile significato di quell'intenzione.

Fu distratta dalla suoneria del suo cellulare.

«Perché non mi hai richiamata ieri?», domandò Veronica senza esitare, dopo che l'amica si affrettò a rispondere alla chiamata già al primo squillo. «Mi sono preoccupata, sai?»

«Scusami Verò... sono uscita un attimo e era già tardi per richiamarti quando sono arrivata.»

«Uscita? Aspetta, aspetta... mi sono persa qualcosa?»

«Uhmm, direi di no. Anzi. Diciamo che sì...»

Jacqueline indossò le cuffie per continuare a cambiarsi parlando con Veronica.

«Mi senti?»

«Sì, che ti sento. Ma sei uscita con Rodrigo?»

«Nooo, nemmeno l'ho sentito in questi giorni... *acqua* proprio!»

«Allora non mi dire che sei uscita con un ragazzo...»

«*Fuochino*...», rispose con la voce modulata.

«Fuochino? Ragazza mia, da come me l'hai detto mi sembra che ci sia un incendio! Dammi il nome. Anzi, te lo dico io, perché secondo me, può essere uno solo: lavora con te alla Sagar?»

«Allora diciamo che è già *fuoco*...»

«Rilley?»

«Indovinato.»

«E me lo dici così, come se nulla fosse? Com'è andata?»

Veronica era euforica. A lei piaceva quel ragazzo, dall'aspetto pacato, intelligente, androgino; forse proprio per quello.

Jackie si guardò allo specchio e non le piacque la combinazione del vestito con il paio di scarpe che aveva scelto. Si abbassò per prenderne un altro.

«Ma niente. L'ho chiamato per parlare un po', dato che mi sentivo di merda, e alla fine siamo usciti per mangiare qualcosa. Abbiamo anche parlato del caso Rodrigo, ovvio…»

«Ma com'è andata la serata? Raccontami, no?»

«Non l'avrei mai detto, ma ti posso assicurare che Rilley, con quel visino da ragazzino, è molto più interessante di quel che pensassi, sai?»

«Te lo dicevo io… non mi davi retta…»

«Non ha quell'aria da bello misterioso che trovo – o trovavo – irresistibile in Rodrigo, più fascinoso proprio per questo. Rilley è molto umano ed empatico, che è una combinazione ancora migliore. È anche un uomo rassicurante. Non lo vedevo così al lavoro, e invece…»

«Invece presumo che sia proprio molto intrigante, se posso esprimere il mio umile parere. Devi stare più attenta alle persone che ti girano intorno…»

Jacqueline scoppiò a ridere.

«Lui mi ha detto la stessa cosa…»

«Uhmm, sento che c'è stata un po' di intimità emotiva; mi pare un buon inizio. Ma non mi hai ancora detto com'è andata…»

«Vuoi la risposta politicamente corretta o quella vera?»

«La vera, ovvio. Sempre.»

«Ammetto che dopo una tequila intera avrei preferito che non fosse stato così assennato e rispettoso», sorrise. «Ma non voglio rovinare il nostro rapporto. Non ho nessuna fretta. Dopo si vedrà…»

«Bravissima! Con un sì a lui, starai dicendo sì anche alla vita. Prima non eri così…»

«Ho dovuto imparare.»

«Benissimo! Anche se non è il momento di pensare troppo, adesso.»

«Invece lo è. Per me è il momento di cambiare.»

«Ma già siamo arrivate a questo?»

«Certo! Ho imparato la lezione. Ho avuto dei "bravi insegnanti". Chi ti fa soffrire ti insegna sempre qualcosa.»

«Pensavo di esserti stata di aiuto ma da quel che sento…»

«Sei la mia migliore amica. La mia roccia. Ma se penso a Tiziano, prima, e Rodrigo, adesso…»

«Beh, in effetti… insegnanti migliori non avresti potuto avere. Se non hai imparato con quello che ti ha combinato Tiziano… quel tipo è unico nel suo genere. Anche Rodrigo, adesso, ne ha combinata una grossa, eh?…»

«Ora sono io che non lo voglio. Uno come lui non fa per me. Voglio altro della vita, perché posso avere di più. Voglio il meglio.»

«Ehi! Ma questo discorsetto avrei dovuto farlo io a te. Neanche Debora l'avrebbe detto meglio… bravissima, Jackie. Sono veramente felice per te. Ognuno ha quello che pensa di meritarsi.»

«Proprio così. Voglio essere felice. Ora penso solo a me. Non voglio avere a che fare con uomini indecisi o irrisolti. Mi sono ritrovata e non voglio una persona così al mio fianco. E chi è pronto, sarà il benvenuto.»

«E alla luce di ciò che mi hai appena espletato, dimmi: ci sarebbe già qualcuno nel tuo mirino?»

«Uhmm… può darsi…»

Jacqueline ascoltò Veronica battere le mani.

«Lo vedrai oggi?»

«Sì, certamente. Ho deciso di dargli una chance – conoscerlo. Tutto qui.»

«Quando si dice che l'alunno supera il maestro…»

«A proposito: va bene che non ho più orari fissi per cominciare il lavoro, ma non voglio nemmeno arrivare dopo mezzogiorno. Ci organizziamo e uno di questi giorni pranziamo insieme, che ne dici?»

«Minimo. Mi devi ancora raccontare tutto. Allora buon *lavoro*, Ragazza mia!»

«Sarà divertente! Già lo sento…»

NICOLE

Più che una Bond Girl

Se ne stava sola da un pezzo davanti alla porta della sala dove avrebbe dovuto essere al lavoro per creare il progetto della gran riforma. Nicole sospirò e aggrottò la fronte. Si chiese più di una volta come farlo.

«Se mi fermo, sono fritta. Se vado avanti, forse me ne scampo, chi lo sa…»

S'impose di non parlare a voce alta. Qualcuno avrebbe potuto sentirla.

Nicole aveva passato gli ultimi giorni osservando Jacqueline, più che altro. Cercando di capirla, aveva scoperto che lei era una delle dipendenti più attive nella Sagar. Era puntuale e arrivava ogni giorno più o meno alla stessa ora, nonostante l'abolizione degli orari inflessibili di lavoro. Il fatto che non fosse arrivata fino a quel momento, quasi mezzogiorno, le fece credere che ormai quella mattina non ci sarebbe più stata.

Era già entrata nel suo ufficio grazie alla "non regola" degli orari liberi nella famosa casa editrice, ma non era rimasta il tempo sufficiente per trovare qualche indizio sui suoi piani di pubblicazione. Aveva dato soltanto uno sguardo molto veloce a tutto intorno. Ora, però, bisognava ritornare. Con un po' più di fortuna avrebbe trovato ciò che cercava. Le bastava solo entrare di nuovo nell'ufficio della *Tale* con coraggio aumentato.

«Dai, più sangue freddo…», si spronò. «Bisogna pur iniziare da qualche parte, *Nicòu*», soffermandosi sulla ultima sillaba del proprio nome, imitando Elenia.

Alzò gli occhi al cielo ed emise un lungo respiro.

«La fortuna premia gli audaci», affermò con piena convinzione. Si auspicava che il destino le avrebbe dato una seconda chance.

L'autoconvincimento può essere un motore potente, ma non le fu molto utile proferire quelle parole. Distinse un po' di rammarico tra tutti i suoi pensieri.

Ad ogni modo, era già completamente coinvolta in quella situazione senza via di uscita. Come tornare al suo lavoro di prima senza portare un risultato? Se almeno non si fosse licenziata…

Diede un pugno in aria e uscì dal grande salone. Attraversò il lungo corridoio, dove le più importanti figure della Sagar stavano già lavorando. Proprio quello che anche lei avrebbe dovuto fare in quel preciso istante.

«Proviamo adesso. Se la fortuna continua dalla mia parte, lei non ci sarà nei paraggi. Mica avrà chiuso tutto a sette chiavi…»

Dopo aver riunito un po' di coraggio e spavalderia per frugare nel lavoro di Jacqueline, girò la testa da una parte all'altra: voleva assicurarsi di essere sola veramente. S'incamminò verso il suo ufficio con la forza mentale di chi stava guidando un esercito.

«Non esagerare», si rimproverò. «Ma questa volta devi riuscire.»

Prima di entrare, si guardò ancora intorno per controllare che nessuno l'avesse ascoltata o vista. Infine, entrò.

Camminò silenziosamente nell'ufficio della "Tale" sentendo il coraggio e l'ansia scorrere attraverso le sue vene.

«Guarda te quello che mi tocca fare…», mugugnò.

Il cuore le batteva talmente forte che la sensazione era quella di arrivarle in gola. Distese le mani e le osservò per qualche secondo. Voleva sapere se potesse fidarsi di loro.

«Anzi», disse a sé stessa. Non tremavano.

Ogni secondo contava. La tensione nell'aria era palpabile. Si avvicinò alla sua scrivania e spostò il mouse per capire da dove iniziare. Le arrivò un bagliore di luce dallo scherno che la sbalordì perché il computer di Maria Jacqueline si accese. Nicole spalancò la bocca per la sorpresa. Quando vide che non doveva inserire password alcuna, si sentì davvero fortunata.

«E qui hai peccato di ingenuità, mia cara Jacqueline…»

Alternava lo sguardo tra il monitor del computer e la porta, dove l'assistente editoriale avrebbe potuto spuntare in qualsiasi momento.

Trovò una cartella. I nomi dei file all'interno le fecero pensare che avrebbe potuto contenere ciò che cercava.

Si avvicinò al computer con ancora più accanimento e cercò freneticamente, con attenzione totale. Ora le sue dita tremavano leggermente di più.

Poi, in mezzo a tanti documenti in Word, trovò un titolo che sembrava promettente. Nicole, concitata, si sforzò di aprire il file, sperando che contenesse le informazioni che agognava. I suoi occhi scorrevano attraverso le pagine, cercando qualsiasi parola o indicazione che potessero aiutarla nella sua ricerca.

Qualche istante dopo si soffermò su un documento in particolare, credendo che ci fosse qualcosa di interessante o addirittura di aver trovato delle informazioni più concrete. Riguardandole, capì che non era nulla di importante. Avrebbe dovuto riprovarci ulteriormente.

Mentre guardava un po' sconsolata, il suo telefono vibrò, facendola sobbalzare. In una situazione di inganno, persino il vento sembra sospettoso.

Era Elenia. Nicole sentì il suo cuore battere più forte, e si chinò davanti alla scrivania di Jacqueline per dirle un succinto "non ti posso parlare adesso" con il telefono ben saldo all'orecchio. Quella chiamata le diede la certezza che lei non le avrebbe dato più pace. L'aveva ben capito. Il tempo stava scadendo. Riagganciò, e infilò il cellulare nella tasca dei pantaloni.

Ancora chinata davanti alla scrivania, con il telefono ben saldo all'orecchio, si accorse della piccola toppa presente in fondo al terzo e ultimo cassetto. Piccolo, piccolissimo, in realtà. Sotto il manico, non era facilmente visibile da un occhio indiscreto.

Si chinò ancora di più per arrivare a quel cilindro che aveva catturato completamente la sua attenzione, e che probabilmente le sarebbe passato inosservato se Elenia non l'avesse chiamata.

Immediatamente le vennero in mente le parole che si era detta a sé stessa qualche minuto prima: *"Mica avrà chiuso tutto a sette chiavi…"*

«Forse ti ho sottovalutato io, Jacqueline…»

Si toccò i capelli e si tolse una forcina.

NICOLE, JACQUELINE

La strana accoppiata

Jacqueline aveva avuto una riunione in una tipografia per valutare le risorse tecniche a disposizione, nonché la loro specializzazione. Poiché tutti i dettagli contano per la qualità finale di un libro, lei si preoccupava di ogni particolare. In più, voleva dare la sua impronta personale alla serie che presto sarebbe stata pubblicata.

Era importante valutare anche i requisiti di stampa, come finitura e tipologia di carta, oltre che trovare la miglior opzione tra laminazione o verniciatura aggiungendo, magari, delle nobilitazioni come la stampa a caldo o dettagli lucidi UV. Il secondo volume era leggermente diverso dal primo, poiché conteneva anche alcune figure. Soddisfare queste esigenze avrebbe significato avere il libro come l'aveva concepito lei nella sua mente.

Quindi, decise di andare di persona a conoscere il loro processo di produzione, fondamentale per valutare il pregio di ogni libro prodotto. Anche la vicinanza geografica della tipografia, rispetto alla casa editrice, giovava positivamente nella scelta finale, riguardo a costi di trasporto e logistica. Mirava alla perfezione.

Arrivò al lavoro qualche minuto dopo mezzogiorno. Essendo giunta già tardi, ponderò che sarebbe stato meglio parlare con Rilley.

Non era necessario giustificare il ritardo. Infatti non era quello il motivo vero della conversazione: voleva solo sapere cosa avrebbe detto o fatto il ragazzo dopo la loro prima uscita insieme. Non poteva perdere quell'occasione per parlargli. Così, andò direttamente nel suo ufficio, senza passarne dal suo.

Entrò con una serenità maggiore rispetto al giorno precedente, e quando lo vide quasi non lo riconobbe.

«Ehi! Per un attimo ho pensato di aver sbagliato ufficio, o che ci fosse un'altra persona al posto tuo. Stai benissimo!»

«Ti piace?»

«Sì, molto. Mi piaceva anche prima, ma la barba nascondeva il tuo bel viso.»

«Sembro più giovane così...»

Era vero, ed era ancora più attraente. Senza barba, i suoi occhi verdi, chiari, erano maggiormente in evidenza.

«Invece sei più bello proprio per questo.»

«Wow. Se me lo dici così, allora non la faccio crescere mai più…»

«Se la mia opinione conta, rimani così che stai bene veramente.»

«Lo farò», e lasciò che i suoi occhi scivolassero per tutto il corpo di Jacqueline. «Anche tu stai benissimo oggi», commentò senza nascondere il suo apprezzamento sincero.

Maria Jacqueline abbassò lo sguardo e si guardò il vestito, un tubino nero molto aderente.

«Ah, grazie,», rispose con un piccolo sorriso, quasi inibito ma autentico, facendo scivolare le mani lentamente sulle sue cosce.

Cercò di essere naturale, e dubitò di esserci riuscita quando vide Rilley che la guardava ancora, con una luce diversa negli occhi.

«Sono andata a visitare una tipografia per la stampa della mia collana. Volevo sembrare affidabile», minimizzò.

«Tu sei sempre affidabile», sentenziò.

«Sono arrivata adesso a causa di questa nuova possibile partnership.»

«Lo sai che non devi giustificarti.»

«Volevo solo che *tu* lo sapessi.»

«Ma *io* lo so...»

Non si dissero nient'altro. Lo sguardo d'intesa tra Jacqueline e Rilley sostituì la necessità di proferire ogni altra parola.

«Ora vado, devo ancora iniziare a lavorare.»

«Ci sentiamo dopo. Oppure ci vediamo...»

«A dopo.» Fu la semplice risposta di Jacqueline, che aveva già avuto la conferma di ciò che voleva sapere.

Quando arrivò fuori dal suo ufficio, Maria Jacqueline si fermò sulla porta per capire la scena che vide, che la sorprese profondamente. Al punto da toglierle il respiro.

C'era una persona china sulla sua scrivania. All'inizio non la riconobbe. I pensieri che le inondarono la mente arrivarono intensi e numerosi, alla velocità della luce.

Per un breve istante, Jacqueline desiderò sbagliarsi. Però, quando la figura femminile, ancora china, e concentrata su qualcosa che sembrava estremamente complicato da eseguire si alzò, lo shock fu totale per entrambe.

«Cosa stai facendo nel *mio* ufficio?», chiese Jackie, che si avvicinò con la voce ferma.

«Io... stavo solo... uhmm... f-f-facendo alcune verifiche nello spazio delle sale», rispose imbarazzata e nervosa.

«Nella mia scrivania? Sul mio cassetto chiuso a chiave?» Fissò lo sguardo interrogativo sulle sue mani. «E che ci facevi con la forcina?»

Nicole puntò lo sguardo sulla forcina per capelli completamente allungata che aveva in mano, come se fosse la prima volta che la vedeva.

«Ah? La forcina...»

Poi, con un gesto molto rapido, abbassò il braccio come se la volesse nascondere. Abbassò la testa, sentendo la pressione della situazione.

«Beh… è che…»

Non sapeva che altro dire.

Jacqueline, che già aveva sospettato delle intenzioni di Nicole, decise di affrontarla direttamente.

«Ho già notato che sei molto interessata al mio lavoro», affermò facendo qualche passo, fino a fermarsi a pochi centimetri da lei.

Nicole si intimidì ulteriormente.

«Fai molte domande, alcune persino strane… e più di una volta ho avuto l'impressione che mi stessi seguendo e spiando. Oggi ti trovo chinata mentre cerchi di aprire il mio cassetto chiuso a chiave. Credo che non hai altra scelta se non raccontarmi tutta la verità. Cosa sta succedendo, Nicole?»

Rendendosi conto che non poteva più negare l'evidenza, decise di essere onesta.

«Beh, qualsiasi cosa ti dicessi adesso non avrebbe senso.»

«Infatti. Su questo siamo d'accordo. Quindi, è meglio per te dire tutta la verità, se non vuoi avere una conversazione molto sincera e altrettanto sgradevole con il signor Santiago del Castro immediatamente.»

«Lo so. Prima di tutto, ti chiedo scusa per l'invasione. Non avrei dovuto essere qui…»

Ferma nella sua determinazione, Jacqueline si avvicinò alla porta del proprio ufficio e la chiuse.

«E questa è la prima cosa sensata che hai detto fino adesso. Ora mi devi spiegare perché ti ho trovata cercando di aprire il mio cassetto chiuso a chiave. Un secondo in più e saresti riuscita nel tuo intento. O cercavi solo di richiuderlo?»

«No, no. È chiuso. Puoi controllare tu stessa. Ti dirò tutto. Credo di non avere altra scelta.»

Jacqueline la fissava con espressione seria e sguardo inquisitore. Si aspettava una spiegazione completa.

«Raccontami tutta la verità, se non vuoi essere licenziata per giusta causa in questo preciso istante. Sarà meno penoso per te, ti garantisco.»

«Non fare nulla, Jacqueline, ti prego. Ti racconterò ogni cosa.»

«Non ho nessuna fretta. Meglio che io mi sieda.»

Jacqueline si mosse verso la sua sedia alta, nera, e si lasciò cadere sopra. Nicole si sedette nella poltroncina davanti a lei.

Non poteva negare l'evidenza. Intendeva confessare le sue vere intenzioni e iniziò da come stavano le cose.

«Sono stata forzata a ottenere informazioni confidenziali sul tuo conto.»

Maria Jacqueline sbarrò gli occhi. Quindi si accigliò.

«Non volevo farlo, mi devi credere. Cioè, all'inizio la cosa mi sembrava anche eccitante, ma dopo averti conosciuta non volevo più farlo. È la verità.»

«Dunque… mi stai dicendo che mi stavi spiando veramente? Cosa ti ha fatto cambiare idea? Questo, in realtà, non importa… parliamo dell'unica cosa che conta veramente: chi ti ha chiesto di spiarmi? E già ti avverto: non dirmi nessuna bugia.»

«No, no. Ti sto dicendo la verità. L'azienda dove lavoro. Cioè, lavoravo, perché mi sono licenziata per lavorare qui alla Sagar.»

«Oh mamma… ma questa potrebbe essere la storia di un libro… è un intrigo bello e buono! E dove lavori?»

«In una casa editrice.»

Jacqueline raggelò.

«Casa editrice?» Aveva già intuito di quale azienda stessero parlando.

«E chi ti ha incaricata di farlo? Dimmi il nome di questa donna.»

«Come sai che è una donna?»

«Mera intuizione.»

«Allora ti dico che la tua intuizione va proprio alla grande, perché l'hai azzeccata. È una donna e il suo nome è Elenia Giusti.»

Jacqueline alzò un sopracciglio con fare di biasimo.

«Non pensavo che arrivasse a tanto», sbottò.

«Tu la conosci?»

«Molto bene pure. Ho lavorato alla Solo Lettere per un po’ di tempo.»

«Allora sei tu la Jacqueline che ha lavorato per lei come assistente editoriale?»

«In persona. Come sai?»

«Una volta mi ha parlato di te – di un’assistente editoriale con una gran fortuna nel trovare manoscritti che erano diventati tutti dei libri importanti sul mercato. Mi disse anche del libro di un cuoco…»

«Premetto che non ho avuto fortuna, al contrario di come ti ha detto. Ho lavorato duramente per trovare le bozze più interessanti arrivate in redazione. Elenia continua a essere la stessa. E non ha ancora imparato che l’autore del libro “Il gusto del mangiar sano” è un medico, il Dottor Rodrigo Antonielli.»

«L’ho visto una volta nella casa editrice e anche in televisione. Ma è proprio un figo! Lo hai mai conosciuto?»

Jacqueline non rispose.

«Cosa ti ha chiesto di fare esattamente?»

«Mi ha chiesto di scoprire quali sono i tuoi progetti.»

«Solo questo, o c’è dell’altro? Dimmi tutto.»

«Beh, oltre a scoprire quali sono i tuoi progetti, mi ha chiesto di scovare cosa avresti pubblicato a breve.»

«Nicole. Non mi stai raccontando tutto. Non mi stai dicendo la verità…»

«Sì, invece. Dovevo scoprire quello che avresti pubblicato per inviarglielo, prima che lo pubblicassi.»

«Elenia non si smentisce mai… e come sei arrivata fin qui?»

«Ha scoperto che la Sagar cercava un’interior design, ha inviato il mio curriculum ed ecco come sono entrata.»

«Quindi non sei una vera interior design?»

«Se proprio devo essere sincera, non ne capisco un tubo. Scusami; non volevo fare una battuta.»

Jacqueline si mise le mani tra i capelli.

«Allora… da quanto mi dici, se sei qui solo per spiarmi, come pensavi di fare questo progetto rivoluzionario senza avere nessuna conoscenza?»

Guardò Nicole, che a sua volta la guardava come il prigioniero che aspetta solo di conoscere la sua condanna.

«Un altro guaio serio per me… comunque, ti ho detto tutta la verità. Che mi succederà, adesso? Andrai dal Signor Santiago?»

«No. Non lo farò. A quanto pare, hai fatto la tua parte, e anch'io farò la mia. Manterrò la mia parola. Anzi. Ho già un'idea e so cosa farò.»

«Eh?»

«Elenia avrà quello che si merita. Punto uno. E punto due, il più importante, se lei vuole un confronto, è questo che avrà.»

JACQUELINE. NICOLE.

La strana accoppiata

«Che mi succederà, adesso?»

«Dipende.»

«Non lasciarmi sulle spine, ti prego. So di non essermi comportata molto bene con te, ma mi stai massacrando in questo modo… dimmi: cosa pensi di fare adesso?»

Nicole sapeva di trovarsi, ora, nelle mani di Jacqueline.

«Entri nel mio ufficio, frughi tra le mie cose, e mi dici che non ti sei comportata *molto bene*? Avrei il diritto di fare ciò che si fa in questi casi. Ma tutto dipenderà da te. Quindi, diciamo che voglio proporti un'opportunità: se decidi di collaborare con me, ti do la mia parola che non ti succederà nulla. Altrimenti, vado dal Signor Santiago – adesso. A te la scelta. E non è una minaccia. È l'unica cosa che posso e devo fare.»

«Accetto qualunque condizione. Ma che tipo di collaborazione mi proponi?»

«Posso anche darti qualche informazione sul mio lavoro ma tu, in cambio, dovrai lasciare che ti aiuti nel progetto di ricostruzione degli spazi su cui stai lavorando.»

«Non capisco. In pratica tu mi dai le informazioni che Elenia vuole e in più farai anche il mio lavoro? Tutto qui? Ovvio che collaboro con te. È fatta…»

«È proprio questo che mi aspetto da te. Ma con un'ulteriore condizione: nessuno deve sapere di questo nostro accordo, tantomeno che ti aiuterò a progettare lo spazio. È fondamentale. Arriverà il momento per svelare la verità; non ora, però. Solo quando lo deciderò io. È una condizione *sine qua non*. Sei d'accordo con questa mia decisione? Devi sapere anche che, in qualsiasi momento, a partire da questo istante, se vedo o noto qualcosa di strano nel tuo comportamento, non ti perdonerò: racconterò tutto al Signor Santiago del Castro, il direttore della Sagar. Per cui, devi solo scegliere. Hai la mia parola. Ma voglio anche la tua.»

«Ho già scelto. Sto con te.»

«Hai fatto la scelta giusta. Anzi, hai fatto l'unica cosa che avresti potuto fare. Quindi, creeremo insieme questo progetto e, in cambio, ti darò qualche informazione che condividerai con Elenia.»

«Così sarà fatto, Jacqueline. Non ti deluderò.»

«A me no. Ma sicuramente deluderai te stessa se non rispetterai l'accordo che abbiamo ora siglato – avrai solo ciò che ti aspetta, che è semplicemente quello che ti meriti per quello che hai fatto.»

«Non devi preoccuparti con me.»

«Non mi preoccupo di te, Nicole. Posso anche sembrare crudele in ciò che ti sto per dire, ma è soltanto la realtà: con tutte le cose belle che sto facendo in questo periodo, tu ed Elenia siete l'ultimo dei miei pensieri e delle mie preoccupazioni.»

JACQUELINE & NICOLE

Una bella accoppiata

«**I**niziamo subito a pianificare e a mettere in moto questo progetto. Non ho bisogno di ricordarti che Elenia non deve sapere nulla di questa nostra collaborazione.»

Nicole si mise la mano sul petto.

«Assolutamente.» Jacqueline capì che era sincera. «Non posso perdere il mio lavoro.»

«Qui alla Sagar o alla Solo Lettere?»

«A te non sfugge nulla, eh?»

«Conosco Elenia talmente bene che per me tutto ciò che pensa o fa è molto prevedibile.»

«E per me sarà una collaborazione interessante. Di sicuro imparerò molto con te, la grande Maria Jacqueline Pellegrini.»

Nicole ne era sinceramente entusiasta.

«Ora, per iniziare, dovremo parlare della funzionalità dei nuovi spazi.»

«Sì, ho già alcune idee che sono sicura potranno funzionare. Possiamo anche prendere spunto da qualche articolo che ho già visto nei giornali di design e…»

«Nicole, per favore.» Jacqueline la interruppe di colpo. «Per ora dobbiamo fissare una riunione con un ingegnere per conoscere dei dettagli approfonditi sullo stabile. Parleremo immediatamente con il direttore generale – voglio sapere se le mura che uniscono le due sale possono essere abbattute per creare un solo ambiente. Ho in mente di creare uno spazio molto ampio, luminoso e funzionale: spazi aperti con molta luce naturale, elementi creativi e confortevoli.»

«Suona bene.»

«Bisogna pure considerare la funzionalità di questi spazi, perché ne abbiamo davvero tanti, e voglio fare in modo che siano ben sfruttati, oltre che versatili. Sarà importante creare un ambiente che ispiri la creatività e allo stesso tempo offra un luogo di relax così come intende il Signor Santiago. Voglio incorporare elementi tematici legati alla nostra casa editrice, per renderli unici, e per far sì che questi spazi rispecchino la nostra identità.»

«Hai ragione.»

«A questo penso io. Non sarà difficile. Ho visto tante bellissime librerie e caffetterie d'arte in giro nei miei tanti viaggi per il mondo. Sono luoghi accoglienti e stimolanti, con un'ampia varietà di libri e arte alle pareti. È importante mantenere un equilibrio tra l'ispirazione e l'identità della Sagar.»

Nicole assentì.

Come era bello sentirla parlare. E come era diverso poter lavorare con chi se ne intendeva. Jacqueline non era una designer di interni, ma sapeva di cosa avessero bisogno, la casa editrice e i suoi dipendenti.

«Pensi di coinvolgere il direttore per avere il suo "ok" sin dall'inizio?»

«Per ora, no. Anche se lui è una persona molto aperta a tutti i nostri suggerimenti, preferisco presentargli la nostra idea in un secondo momento. Per ora dobbiamo solo darci da fare.»

«Sono pronta a iniziare, Jacqueline. Non vedo l'ora di vedere questi spazi prendere vita.»

«Adesso raccogli tutte le tue idee e schizzi preliminari per presentarmeli domani. Faremo una riunione io e te tutti i giorni, alla fine della giornata, per decidere quello che c'è da fare. Ma non ti dimenticare che il progetto, alla fine, lo creerò io. Ora, dobbiamo fissare una riunione con gli ingegneri per sapere se possiamo abbattere i muri. Ti spiegherò tutto, perché sarai tu a parlare con loro.»

Jacqueline era decisa a fare di quegli spazi della Sagar i più innovativi del mercato. Aveva la possibilità di progettare una casa editrice in un modo veramente importante, ricreando una realtà che sperava potesse fare da modello per tante altre, che ne sarebbero contagiate o trascinate da questi nuovi cambiamenti.

Nulla poteva dissuadere o impedire il desiderio di Jacqueline che, adesso, voleva cambiare una realtà.

Per il bene di tutti.

RODRIGO. JACQUELINE.

La verità

«Dobbiamo affrontare seriamente la nostra situazione», comunicò Jacqueline con voce solenne.

Rodrigo annuì, prima di guardarla negli occhi.

«È difficile. Non so come farlo, ma credo sia giunto il momento di parlarne. Dopo che sono uscito con questa donna, ammetto che qualcosa è cambiato tra di noi.»

«Allora lascia che te lo dica io come stanno le cose: ti sei innamorato. E non è una novità per me…»

Il medico si strinse nelle spalle.

«È successo senza preavviso. Mi ha travolto completamente.»

«Sai perché mi dispiace? Perché credevo in noi. Non pensavo che un rapporto così bello come il nostro potesse interrompersi già al primo ostacolo.»

«Non l'ho cercato. È successo. Ho provato a capire i miei sentimenti, persino a ignorarli, ma è diventato sempre più evidente che non potevo nascondere la verità. Volevo sposarti, ma la situazione è cambiata. Mi è sfuggita di controllo.»

«Ho dato tutta me stessa in questa relazione perché credevo davvero che ci fosse un futuro per noi due. Anche molto bello.»

«Non volevo farti soffrire in questo modo. Mi dispiace davvero.»

«Stiamo parlando due lingue diverse, te ne sei accorto? Io ti dico che credevo in un futuro. Tu, che ti dispiace. Penso proprio che non abbiamo nient'altro da dirci e che dobbiamo fare ciò che è meglio per entrambi.»

«Jacqueline, ricordati che io mi preoccupo ancora per te. Ti amo…»

«Non capisco questo tuo modo di amare, tantomeno questa tua leggerezza nel parlare di sentimenti. Per me *amore* è una parola importante. Non capisco come la concepisci tu – ma che importanza ha per te? Comunque, non mi importa più, sinceramente. Ho capito che siamo molto diversi, e ora è fondamentale per me pensare solo a me stessa. Al mio futuro.»

«Per me tu ci sarai sempre, anche in mezzo a noi due.»

«Non ne vedo il motivo o il perché. Sei libero di rifarti la tua vita. Perché è ciò che farò io con la mia.»

JACQUELINE. NICOLE.

L'accoppiata

«Meno male che ti ho trovata – il direttore mi ha chiesto di rintracciarti per convocarti immediatamente da lui», disse Rilley a Nicole. Lei aggrottò la fronte.

«Adesso?»

«Sì. Il Sig. Santiago mi ha chiesto esplicitamente di tornare con te in ufficio visto che loro sono già in riunione. Mi ha detto che siamo in ritardo sulla tabella di marcia.»

Lo sguardo di Nicole si fece guardingo.

«Ne sono consapevole, ma in realtà devo parlare prima con gli ingegneri. È un progetto di grande portata e non posso fare nulla senza il loro parere», rispose ripensando all'accordo preso con Jacqueline.

«Allora potrai cominciare a breve, perché anche gli ingegneri sono già arrivati.»

«Che tempismo», sbottò. Cosa avrebbe detto a loro non le era ancora chiaro. Se aveva imparato qualcosa sino a quel momento, era di mantenere la calma e il sorriso stampato sul viso in qualsiasi modo, anche di fronte alle situazioni più difficili o improbabili come quella. Questioni di sopravvivenza.

Ancora un po' sconcertata, Nicole posò il blocchetto che aveva in mano, piuttosto seccata. Tanto che Rilley se ne accorse, ma non disse nulla. Poco dopo lo riprese per un attimo, mentre il ragazzo la osservava scrivere e crocettare chissà cosa: immaginò che stesse prendendo nota di qualche appunto importante per la riunione e partì.

«Signor Rilley?», lo fermò lei, quando lui si stava già incamminando all'appuntamento.

Il ragazzo si girò di scatto.

«Sì? Dimmi…»

«Potrei chiedere la partecipazione di Jacqueline a questo primo incontro? Sa… abbiamo parlato tanto di questo progetto, io e lei, che sarei contenta di averla con noi. Non vorrei intromettermi, ma la sua esperienza potrebbe essere di aiuto, in qualche modo…»

Nicole si sorprese di sé stessa: se l'avesse pensata prima, non sarebbe stata capace di avere una trovata migliore di quella.

«Per me va bene. Non ho nulla in contrario, e certamente neppure il Signor Santiago avrà. D'accordo. Parlerò anche con lei.»

L'interior designer alzò gli occhi al cielo e rilasciò un profondo respiro di sollievo dopo aver girato per dirigersi all'ufficio del direttore generale.

Quando l'assistente editoriale entrò nella sala, fu ricevuta con il sorriso sincero del Sig. Del Castro.

«Sarà un piacere averti qui con noi, Jacqueline. Mi soddisfa molto vederti così interessata a questo progetto, a cui ci tengo particolarmente. Sei la benvenuta.»

«La ringrazio, Signor Santiago. Questo progetto mi sta a cuore, perché sento che posso dare il mio piccolo contributo alla Sagar.»

«Tutto ciò che fai non è mai piccolo o scontato. Vieni pure, che voglio presentarti agli nostri ingegneri.»

Jackie voleva partecipare all'incontro per sapere se poteva alterare la struttura portante delle due sale per creare lo spazio unico che aveva in mente.

La riunione fu relativamente breve.

Dai professionisti Jacqueline ebbe le risposte che necessitava per iniziare a lavorare. Anzi: conversando con loro ebbe anche qualche idea in più per un paio di dettagli tecnici a cui non aveva fatto caso prima.

Nicole rimaneva affascinata quando lei parlava con gli ingegneri e architetti. Sembrava una di loro. Quanta dimestichezza…

L'assistente editoriale aveva immaginazione, creatività e buon senso: tutti quesiti necessari per creare un'altra realtà, rivoluzionaria, in una grande e importante casa editrice.

Per lei, invece, nessuna esperienza concreta. Solo idee in un disegno, creato a partire da qualche modello di rivista.

Nicole finì la riunione con un'altra certezza: che il Sig. Santiago del Castro fosse il cliente ideale per chiunque lavorasse con lui. Oltre alla cospicua somma di denaro che le avrebbe pagato in cambio del suo lavoro, se fosse stata una vera interior design, lui si fidava sufficientemente da non far preoccupare nessuno affinché non ci fossero perdite di tempo.

Ebbe questa conferma quando gli strinse la mano, dopo un breve dialogo alla fine della riunione.

«Siamo d'accordo: serve la giusta tonalità di grigio, per far sì che l'ambiente non sia né cupo né scontato.»

Lui controbatté, con un sorriso appena accennato nel viso:

«Lascio fare a lei, che è una professionista, e che se ne intende molto più di me e tutti noi qui in questa sala messi insieme…»

Il suo modo di parlare era autentico. Sempre rispettoso con chiunque, con tono professionale, ma allo stesso tempo gentile e cordiale. Un uomo elegante per natura.

Alcune persone danarose hanno classe e stile indubbi. Lui era una di queste.

NICOLE-JACQUELINE

Il lavoro, insieme

Dopo un paio di settimane, Maria Jacqueline non si ricordava di aver mai avuto un periodo così stressante di lavoro come quello.

Oltre al suo progetto della collana, già impegnativo di per sé, stava dando vita anche alla nuova sala che prendeva forma ogni giorno. E non solo sulla carta: aveva dato inizio alla creazione dello spazio dove le persone avrebbero potuto lavorare meglio.

Passò a dedicare molte ore anche a questo suo nuovo obbiettivo, basato sui concetti di ergonomia, funzionalità degli ambienti e illuminazione per lo studio, ricerche, progetti e piani per il benessere e lo stile di vita delle persone.

In questo modo, la riforma della Sagar stava diventando quasi un secondo lavoro per lei, per produrre qualcosa di concreto, dove aveva tutta la libertà per esprimersi ed esternare la sua creatività.

L'accordo con Nicole sembrava funzionare. Fino a quel momento lei lo stava rispettando in tutto e per tutto.

Il modo di essere e di fare di Jacqueline le stavano insegnando molto. Quanto più la conosceva, meno voglia aveva di cadere nella tentazione di spifferare cosa stesse accadendo veramente a Elenia, sebbene la perfida imprenditrice non mancasse di chiamarla per chiedere della vita di Jacqueline, professionale e non solo, un giorno sì e l'altro pure.

L'arredatrice di interni tergiversava nelle risposte. Si giustificava affermando di non voler svelare molto del progetto su cui la *Tale* stava lavorando perché era sicura che ci fosse dell'altro ancora.

Altri giorni diceva soltanto che stava per spiattellarle già qualcosa – con un annuncio completo e ben preparato del suo lavoro. Tutto sotto le richieste dell'assistente editoriale.

Così andava avanti, fedele a Jacqueline e alla sua idea, di cui si stava occupando con tanto impegno e sincera dedizione.

Le prime richieste di acquisto di materiale di base per la riforma erano già arrivate a Rilley e al Signor Santiago, che firmò il documento con una buona dose di entusiasmo. Vedeva in questi primi passi la concretizzazione della nuova casa editrice che voleva creare.

Idealizzato dalle sue aspirazioni, nonché creato sulla base dell'esperienza personale di Jacqueline, il progetto stava diventando veramente rivoluzionario.

Il suo potenziale consisteva nell'essere utilizzato per fomentare la creatività attraverso le iniziative che sarebbero state alla base della Sagar 2.0.

In poco tempo il progetto diventò una struttura in pietra a pianta rettangolare con tetto a quattro spioventi e fronte colonnata. Per quanto poco originale, era la scelta più ovvia per ottenere l'eleganza, l'adattabilità e la facilità di uso che ne derivava. È il coraggio di guardare l'ovvio da angolazioni insolite che fa nascere l'originalità.

Nessuno sapeva, però, che dietro a tutto questo c'era solo e soltanto Maria Jacqueline.

Ma solo per il momento.

JACQUELINE & NICOLE

I progetti

Quando nel tavolo del Signor Santiago arrivò la richiesta per l'acquisto dei pannelli solari che sarebbero stati installati in un perimetro delimitato nei tetti, la sua soddisfazione fu quasi totale.

Il direttore ripensò a come era produttiva la sua squadra e si congratulò con Rilley, per aver saputo scovare il curriculum di Nicole senza sapere che dietro a tutto c'erano soltanto le idee di Jacqueline. Lei era l'unica vera artefice: aveva pensato a tutto. Inclusi i dettagli importanti, come la fornitura di tutta l'energia pulita di cui la sala avrebbe avuto bisogno, in un sistema di produzione autosufficiente. Il suo progetto si stava dimostrando non solo all'avanguardia, con l'uso della tecnologia di punta, ma anche oggettivamente bello, e funzionale, soprattutto.

Sotto richiesta di Maria Jacqueline, Nicole organizzò varie riunioni con gli ingegneri di costruzione. Lavoravano molto, anche se non insieme. Passavano molte ore alla Sagar. Nicole iniziò ad arrivare presto per organizzare gli ambienti, sempre sotto la stretta supervisione di Jacqueline. Era una delle ultime persone ad andar via, così come lei stessa.

Nella sala, avrebbe predominato il colore bianco, dalle pergole apribili del tetto, fino alla grande vetrata che originariamente dava sul giardino: Jacqueline voleva trasformarlo in un imponente giardino verticale.

Bellezza, organizzazione e funzionalità non sarebbero sicuramente mancate per riflettere ancora di più la cultura dell'azienda, influenzata oramai a tutti gli effetti dalla sua forte personalità.

L'obiettivo primordiale era offrire estremo comfort tanto ai propri dipendenti, che di quelli spazi ne avrebbero fatto uso giornaliero, quanto ai visitatori occasionali, come i fornitori o per la terziarizzazione. Tutto fu pensato nei minimi dettagli. Nulla lasciato al caso nell'illuminazione, l'acustica e la climatizzazione – i fattori direttamente relazionati al benessere nell'ambiente di lavoro, senza dubbio.

La paletta di colori fu usata con *expertise* dappertutto. Dai mobili alle pareti, senza tralasciare gli oggetti decorativi.

Jacqueline optò per uno stile moderno, molto sofisticato. Tutto in perfetto allineamento d'idee con la nuova filosofia della casa editrice.

Anche nel suo vero lavoro tutto sembrava star andando per la via giusta. I testi che Gustavo Leite stava rivedendo erano già stati completati. In questo modo, Jacqueline poté inviarli al revisore interno per le ultime correzioni e modifiche prima della pubblicazione. Tutto era quasi pronto.

Aveva anche deciso quale tipografia avrebbe stampato la sua collezione con una tiratura iniziale di centomila copie. Il secondo libro della sua serie sarebbe stato lanciato il giorno dell'inaugurazione della sala.

Non solo.

Aveva pure condiviso alcune informazioni con Nicole da trasmettere a Elenia, pur di evitare sospetti.

EPILOGO

JACQUELINE

Sempre lei. Solo lei.

Il giorno dell'inaugurazione finalmente arrivò.

Un'azienda che cercava di ispirare la creatività dei suoi dipendenti in spazi di lavoro veramente innovativi. Jacqueline seppe colpire nel segno con divani, pouf e cuscini intelligentemente mescolati a tappeti, tavoli da lavoro, da pranzo e da gioco come calcio balilla, biliardo e ping pong.

Gli spazi relax furono concepiti in un concetto aperto con ambienti diversi per ogni tipo di attività, per far sì che le persone avessero un luogo esclusivo in cui poter lavorare, rilassarsi e divertirsi.

Maria Jacqueline chiamò questo luogo Sala per la Decompressione, perché in essa erano racchiuse una miriade di opportunità studiate appositamente per ridurre il livello di stress, stimolando al tempo stesso la creatività. L'intento era permettere che i dipendenti potessero tornare al lavoro rigenerati, fisicamente e mentalmente.

Inoltre, potevano diventare anche ampi spazi ibridi per la realizzazione di riunioni o appuntamenti corporativi. Non mancava di certo lo spazio per i pasti e l'angolo del caffè, con macchinetta, acqua, frutta fresca, succhi e biscotti a disposizione tutto il giorno, tutti i giorni.

In un angolo della sala fu progettata un'area di collaborazione. Tavoli condivisi, lavagne interattive e attrezzature per videoconferenze erano pronti per incontri creativi e sessioni di brainstorming a qualsiasi momento della giornata.

In questo posto così importante fu inserito il Muro delle Idee: un grande murales sulla parete che permetteva ai dipendenti di condividere le loro idee e i progetti in corso, promuovendo l'innovazione e la condivisione della conoscenza, come a evidenziare e racchiudere l'importanza di questi ormai fondamentali *work concept*.

Nicole alla fine non mise le piante in un armadio come aveva pensato all'inizio, ma le usò come parte fondamentale della decorazione. Insieme a Jacqueline, trasformarono lo spazio unico di una grande sala in un luogo originale e tecnologico che rifletteva il lato ambizioso e giovane dell'azienda. Diventò un ambiente leggero e rilassato, nel quale le persone sentivano piacere a rimanere.

L'essenza dell'azienda rifletteva la nuova filosofia, come ad esempio l'automazione con luce propria o nell'arredamento flessibile. Mobili modulari ed ergonomici furono strategicamente posizionati per consentire una facile riorganizzazione. Ciò includeva tavoli regolabili in altezza e sedie confortevoli, attentamente disposti per adattarsi a diverse configurazioni e situazioni.

Un'altra facilità erano i locker, ossia gli armadietti dove i dipendenti potevano conservare i propri effetti personali per garantire che le postazioni di lavoro fossero più ordinate nel loro insieme. Un ambiente armonico che migliorava la qualità della vita di tutti i dipendenti.

Così venne presentato in dettagli il progetto, con la seguente suddivisione:

Spazio per la Creatività e il Tempo Libero: spazio multifunzionale progettato per essere versatile e ispiratore, con l'obbiettivo di creare un ambiente di lavoro che promuova e ispiri la creatività, l'innovazione, la collaborazione e il relax e benessere dei dipendenti. Tutto nello stesso spazio integrato. In questo modo, incorporava una varietà di elementi e aree per soddisfare le diverse esigenze dei membri del team.

Spazio per Eventi e Area Giochi: una parte dello spazio poteva essere trasformata in un luogo per workshop, conferenze, mostre, eventi e attività di squadra di ogni tipo.

Lo spazio per eventi, in un'area separata, era stata dedicata agli appuntamenti corporativi in generale. Con tecnologia all'avanguardia, lo spazio fu dotato di schermi interattivi, apparecchiature per la realtà virtuale e sistemi audio di alta qualità per presentazioni ed eventi di qualità.

L'Area Giochi, parte dello spazio, era stata dedicata alla ricreazione. Era l'area dedicata al tempo libero, dove si trovavano il tavolo da ping pong e il tavolo da biliardo, che consentivano ai dipendenti di rilassarsi e divertirsi durante le pause. Negli armadi, le persone potevano trovare anche alcuni dei giochi da tavolo più amati per l'interazione sociale.

Area di comfort: amache sospese furono installate in un'area designata, fornendo uno spazio di relax unico. I dipendenti potevano utilizzarle anche per lavorare in modo più rilassato.

A tale scopo, l'illuminazione era regolabile, consentendo di creare l'atmosfera desiderata nei diversi momenti della giornata. Diversamente, le pareti furono decorate con colori a seconda dell'uso dello spazio: alcune furono dipinte con tonalità vivaci di blu, altre verde e altre ancora giallo. Tutti con lo stesso tono vibranti per stimolare la creatività.

Elementi Naturali: furono incorporati nello spazio elementi naturali come piante, pietre e legno, creando una sensazione di connessione con la natura.

Galleria d'Arte: le pareti ospitavano una galleria d'arte rotativa, esponendo opere d'arte create dai dipendenti e artisti locali.

Il risultato di questa trasformazione fu uno spazio creativo che affascinava tutti coloro che lo visitavano. Ora, i dipendenti avevano un luogo dove poter lavorare con ispirazione, collaborare con entusiasmo, rilassarsi con comodità e divertirsi con gioia. Ogni dettaglio aveva svolto un ruolo importante per la creazione di un ambiente di lavoro veramente speciale per questa nuova realtà, innovativa.

Tutti rimasero a bocca aperta nel vedere il lavoro svolto – all'apparenza – da Nicole. Gli apprezzamenti erano unici e inconfutabili. Tutti dicevano soltanto due parole: «Bravissima davvero!»

Tuttavia, nel momento clou dell'inaugurazione, la presunta interior designer prese il microfono e chiese la parola, come accordato previamente con Jacqueline.

«Vorrei ringraziare tutti per i complimenti che ho ricevuto fino ad adesso, ma devo dirvi una cosa. Tutto ciò che state vedendo non è una mia idea: è stato ideato e progettato da Maria Jacqueline Pellegrini. Io ho solo seguito le sue idee e indicazioni, per far sì che questo posto meraviglioso fosse realizzato.»

Tutti i dipendenti della Sagar, così come gli invitati, in silenzio girarono la testa all'unisono per guardare Jacqueline.

Nicole non riuscì a distinguere le parole, ma poteva giurare di aver udito un grande "oh" rimasto nell'aria. La sorpresa rimase impressa sul volto di tutti i presenti.

«A proposito. Ci tengo a ringraziarla in modo speciale. Lei è la persona che mi ha insegnato di più in quest'azienda, tanto in termini lavorativi quanto umani. Ora vi lascio per sfruttare questa meraviglia, ideata, progettata e creata da Maria Jacqueline Pellegrini, in toto.»

Il signor Santiago del Castro era stupefatto. Così come tutti gli altri, tra l'altro. Ma il fuori programma che avvenne subito dopo lasciò le persone che assistevano all'inaugurazione ancora più sbigottite.

SIG. SANTIAGO DEL CASTRO

Il direttore generale

Nel suo discorso iniziale, fatto prima di chiunque altro all'inaugurazione della Sala per la Decompressione, il Signor Santiago del Castro fu abbastanza esauriente. Esordì con le poche parole di circostanza, ma tutto il resto fu detto a braccio. Erano parole veramente molto sentite. Lui credeva nei giovani che aveva assunto, nello stesso modo in cui Jacqueline credeva nei suoi ragazzi. Gustavo Leite per primo.

Anche il lancio del secondo volume della collana "Per il gusto di leggere" fu un successo. Ogni autore in erba – o junior, come Jacqueline li definiva, – fu presentato agli invitati come un autore d'importanza unica.

Ebbero l'opportunità di parlare delle proprie opere e del lavoro svolto, e di come era stato scrivere il proprio racconto selezionato in mezzo ai tanti appartenente alla collana.

Parlarono anche delle difficoltà incontrate e delle soddisfazioni avute con il risultato ottenuto. Il loro intervento, tutti insieme, si rivelò davvero molto interessante. Un'esperienza unica per quei ragazzotti, che con la loro ancora poca esperienza di vita avevano già tanto da raccontare al mondo.

I genitori dei ragazzi erano elettrizzati e i presenti meravigliati dal lavoro della Sagar, svolto nella persona di Maria Jacqueline Pellegrini. E non solo.

Proprio per questa ragione il direttore generale della Sagar aveva un motivo speciale per prendere di nuovo il microfono, qualche momento dopo.

In quella sala sontuosa e splendente iniziò a spuntare una lunga fila di camerieri vestiti di nero, con una camicia a maniche lunghe e pantaloni di taglio sartoriale, elegante, per servire lo champagne in calici a tulipano.

Le tazze con questa forma, oltre a essere una elegante opzione per servire lo spumante, consentivano una migliore ossigenazione del vino e una migliore percezione degli aromi. Da buon intenditore com'era, oltre che cultore più che appassionato, il Signor Santiago ne sapeva qualcosa.

Si incamminò verso il palco e chiese l'attenzione di tutti. Il silenzio che seguì fu carico di discrezione e interesse.

«Chiedo scusa ai presenti per l'interruzione nel momento più interessante di questa inaugurazione barra festa», scherzò. «Può sembrare che io abbia creato questa distrazione unicamente per sviare la vostra attenzione», sorrise in modo talmente gentile e sincero che contagiò i presenti.

«In verità, ho approfittato del momento perché voglio fare un brindisi in particolare, per una persona altrettanto speciale.»

Nicole si agitò. Era certa che quel brindisi sarebbe stato rivolto a lei. Si sistemò i capelli e lo scollo a cuore del vestito.

«Colei che ha creato questo progetto si merita davvero più che un brindisi, non credete?»

Il mormorio delle persone si trasformò in un leggero scompiglio. La curiosità si fece marcante. Gli sguardi si divisero: alcuni guardavano Jacqueline, altri Nicole, che era già impallidita per la vergogna.

«Allora, come dicevo, voglio fare un brindisi importante: se colei che ha progettato e creato questo bellissimo ambiente l'ha fatto senza essere il suo campo di competenza, figuriamoci quello che può fare nel settore a lei tanto caro, di sua esperienza. Per cui, amici miei, vorrei che tutti voi alziate con me un brindisi per la nuova vice direttrice della Sagar, la persona che nella mia assenza risolverà ogni caso e problema della casa editrice. La donna che con me discuterà ogni nuovo progetto e idea. La persona che lavorerà da adesso in poi al mio fianco: Maria Jacqueline Pellegrini!»

La promozione colse Jacqueline nella sorpresa più assoluta, tanto che iniziò ad alternare gesti diversi in contemporanea. Così come le sue emozioni. Rideva, diventava seria, poggiava la mano sul petto, guardando il Signor Santiago del Castro, rideva ancora…

Quando lui vide la lacrima che le cadde sul viso, si diresse verso di lei per abbracciarla con lo stesso affetto e orgoglio di un padre con la propria figlia.

Jackie non aveva parole per ringraziarlo. Fu questo che disse al direttore della Sagar quando lo guardò negli occhi, ancora con le mani unite davanti al petto.

Da sola, e in disparte, assistendo a tutto in pieno contrasto con la situazione e le emozioni del momento, Nicole si sentiva ancora più sminuita, vergognata e anche pentita del male che aveva voluto farle, ma sinceramente contenta per lei. Jacqueline si meritava quel nuovo incarico – la nuova vice direttrice della Sagar.

Presa alla sprovvista e sconcertata pure lei, ragionava da sola.

«Chissà cosa dirà Elenia di tutto ciò… questo non se l'aspettava proprio. Voleva rovinarla e non ha fatto altro che valorizzare i suoi tanti talenti. Perché questa ragazza li ha proprio tutti. Elenia, questo colpo, non lo digerirà. Te lo dico io…»

NICOLE

Il patto

«Ti faccio le mie congratulazioni, Jacqueline.» Era sincera.

«Non mi aspettavo che le cose si sarebbero ribaltate fino a questo punto per te. A Elenia prenderà un colpo – e non è un modo di dire…»

Jacqueline sorrise per come aveva detto Nicole.

Nicole, invece, tornò seria. «Ora è chiaro che la mia presenza qui alla Sagar è arrivata alla fine. Il contratto prevede questo. Solo se il direttore, o la vice direttrice, decidesse di farmi restare potrei farlo. Ne sarei davvero contenta…»

«I patti sono patti, Nicole. Hai mantenuto la tua parola, così come io ho mantenuto la mia: non devo firmare nulla quando do la mia parola a qualcuno. Ora, però, è arrivato per te il momento di tornare alla vita di prima. E se questo significa dover tornare alla Solo Lettere, ti dico anche che mi dispiace, ma non posso farci nulla.»

«Capisco perfettamente. Sai, ho sempre voluto una vita migliore, e mi sono dimenticata che questo passa anche da tutte le piccole scelte che facciamo ogni giorno. Mi sono fidata della persona sbagliata. Pagherò questo mio errore non più di quanto già stia pagando, pentendomene. Non so come farò, ma non tornerò a lavorare per Elenia Giusti. Alla Solo Lettere, mai più; non è questo che voglio per me. Mi rifarò la vita, in modo degno.»

«Le esperienze ci insegnano, senza nessun dubbio. Sono contenta che tu abbia adesso questa nuova consapevolezza. E sono sicura che troverai l'impiego che ti darà la vita migliore che desideri. Onestamente.»

«Già. E per quanto riguarda le informazioni che devo trasmettere a Elenia?»

«L'ho preparata io stessa, non ti preoccupare. È già tutto pronto in una chiavetta.»

Jacqueline abbassò la testa e frugò nella sua pochette. Nicole si sforzò di mantenere la calma e Jackie le consegnò il dispositivo elettronico nel quale erano contenuti i dati falsi dei suoi prossimi lanci letterari.

Alcuni descrivevano sinossi inventate di autori inventati e date di pubblicazione false. Altri erano sinossi di veri bestseller. Tanto Jacqueline sapeva che Elenia mai li avrebbe scoperti o riconosciuti.

Aveva ragione.

Quando Elenia li lesse, il giorno dopo, con accanto Nicole che aveva altre consapevolezze, già pronta per un nuovo impiego, nella sua nuova vita, la proprietaria della Solo Lettere commentò con una buona dose di freddezza:

«Bah. Non mi devo nemmeno preoccupare. Queste storie non venderanno, povera Jacqueline. Sarà il tuo primo grande flop. E io starò qui a ridere…»

RILLEY

Il Ragazzo

«**P**osso congratularmi con te o devo prendere un appuntamento per parlarti, carissima vice direttrice?»

«Dai, Ry… non scherzare…»

Lo abbracciò con affetto.

«Grazie! Quante emozioni insieme – non mi aspettavo questo nuovo incarico», lo disse mentre era ancora tra le sue braccia.

Jacqueline lo salutò con gioia, trascinata certamente dalla inaspettata promozione e dalle grandi responsabilità e aspettative che già sentiva nel suo nuovo lavoro. Ma c'era dell'altro, in quel lungo e stretto abbraccio tra lei e Rilley. C'era la sua voglia di dare una chance a sé stessa per iniziare una nuova vita.

«Da adesso in poi avrai tante possibilità e opportunità per fare molto di più, nel tuo lavoro e non solo. Per tutti i libri e lettori del mondo.»

«Questo non sarà un lavoro per me, Ry. Non lo è mai stato. È la mia *mission*. Spero solo di essere all'altezza della situazione…»

«Tu sei pronta per tutto, Bellezza. Hai una bellissima strada davanti a te, che potrai condividere con me, se lo vorrai…»

«Senti, Ry, l'ultima volta che ho avuto una presentazione importante, Rodrigo mi ha chiesto di sposarlo. E lo sai bene com'è andata a finire questa storia, no? Ora mi chiedi all'improvviso di condividere la mia vita con te, che nemmeno mi conosci ancora bene…»

«Invece ti sbagli, perché ti conosco benissimo. E posso dirti che non voglio nessun'altra al mio fianco. Tu sarai mia, Bellezza, credimi. Ti fidi?»

«Hai la mia fiducia fino a prove contrarie», disse sorridendo, prendendolo in giro.

Rilley la baciò sulle labbra con un bacio veloce, sorprendendola.

«Non ci saranno "prove contrarie". Vedrai che questa volta la storia finisce diversamente. Solo per questa volta, mettiti da parte. E lascia fare tutto a me, Bellezza. Lascia fare tutto a me…

FINE

BIOGRAFIA DELL'AUTRICE

Sandra Bianconi è nata a São Paulo, Brasile, ma vive in Italia da molti anni ormai. Adora i libri, il mare e ogni volta che può parte con il suo zaino in cerca di nuovi paesaggi e culture diverse. È sicura che Walt Disney avesse ragione: «Se puoi sognarlo, puoi farlo». Ha già scritto quattro libri, tradotto altri quattro - con il quinto già balenando nella mente (e anche nella tastiera!) ma dice che c'è ancora molto da fare. E da sognare...

ALTRI TITOLI DELL'AUTRICE

*Copyright e traduzioni,
in Italiano e Portoghese*

*La scelta – Santiago nel Cammino
(A escolha – Santiago no Caminho)*

Finalista in due concorsi letterari internazionali, di cui la sua traduzione, *"A escolha - Santiago no Caminho"* rimase per settimane nel 29° posto nella classifica bestsellers Amazon dei 100 libri più venduti.

Ispirato in una storia di vita, è testimone del potere della forza di volontà, che tutto crea e trasforma.
È un libro rivolto al cuore, che porta il lettore per mano a scoprire il Cammino di Santiago una pagina dopo l'altra. Profondamente umano, è un grande messaggio di superazione. Una storia raccontata con linguaggio diretto e efficiente, che coinvolge il lettore fino alla fine. Ma non soltanto questo.

La storia – vera – inizia quando una donna, sola, parte per fare il Cammino di Santiago con solo un biglietto aereo in mano e un piccolo zaino sulle spalle, nonostante il suo difetto congenito le impedisca di camminare molto a lungo.

Durante il suo percorso di più di 790 km lei scopre molte cose: letteralmente sola nel mondo, uscì da casa con la certezza di andare incontro alla propria solitudine e tristezza mentre traversa la Spagna in una specie di percorso catartico, una città dopo l'altra, ma non sarà così. Pensa che il suo destino finale sia Santiago, ma si sbaglia pure qui.

Così, il viaggio destinato a essere uno dei più tristi della sua vita, alla ricerca di sé stessa, si trasforma nella scoperta del tesoro che lei ritrova, che riesce a trasformarla in un modo che lei non avrebbe mai potuto immaginare.

Divertendo-se!

La ragazza che sognava i libri
(A menina que sonhava com livros)

Quando la passione, quella vera - forte e prepotente - guida i pensieri, obiettivi e attitudini di ognuno di noi.

È la storia di Maria Jacqueline Pellegrini, una ragazza romantica, sognatrice, intelligente e determinata, che vive le esperienze più belle e inimmaginabili nella sua vita a causa della sua passione per i libri - fino a trovare uno speciale che rivoluzionerà tutta la sua vita…

"La ragazza che sognava i libri": un romanzo pieno di avventure, amori, intrighi, dilemmi, impasse, passioni e… passione!

La ruota del Samsara – il segreto della vita
(A roda do Samsara – o segredo da vida)

Paranormal romance - Storie di vita quotidiana e del sovrannaturale

"La ruota del Samsara – il segreto della vita" è la storia di due sorelle che devono riscattare problemi, tradimenti e sofferenze di altre vite.
Il vero odio che Lucia nutre per la sorella maggiore, senza comprenderne il motivo, ha origine nei comportamenti e nelle

decisioni prese in vite passate, il cui legame non si è ancora spezzato.

Aaron. Il nome e la causa del polverone tra le sorelle, la ragione di tante incomprensioni, litigi e tristezze tra Lucia ed Eloisa: due vite intrecciate, ma non tanto quanto Isabella, Alice e Aaron nell'ultima incarnazione.
Quale ruolo ha avuto e continua ad avere quell'uomo in questo conflitto in cui tutta la famiglia è coinvolta in esistenze diverse?

Tanti misteri, dove tutti sono stati riuniti da una forza maggiore per scoprire, insieme, un segreto.

SANDRABIANCONIBOOKS

Comunicazioni e vendita diretta:
bianconibooks@gmail.com

Rimanga in contatto!
Per conoscere le novità, visita:
www.sandrabianconi.com

INDICE

EPILOGO